Peter H. Rollinger

KINDER-
SCHULE

Ein Märchen

Vorwort:

Dies ist ein fiktives Werk, das offensichtlich auf dem Buch „Farm der Tiere" von George Orwell basiert. Alle Elemente sind rein fiktiv. Abgesehen davon sind Namen, Personen, Unternehmen, Institutionen, Orte, Ereignisse und Vorfälle in diesem Buch entweder der Fantasie des Autors entsprungen oder werden fiktiv verwendet. Jede Ähnlichkeit mit lebenden oder toten Personen oder tatsächlichen Ereignissen ist rein zufällig. Die geäußerten Meinungen sind die der Charaktere und sollten nicht mit denen des Autors verwechselt werden.

Ich möchte ebenfalls George Orwell würdigen, dessen schriftstellerische Arbeit einen unverkennbaren Einfluss auf dieses Buch hat. Orwell, bekannt für seine scharfe Kritik an autoritärer Macht und seinen warnenden Blick auf die Gefahren eines Überstaats, bleibt eine zentrale Figur im Diskurs über Freiheit und Überwachung in der modernen Gesellschaft. Seine Fähigkeit, durch seine literarischen Werke tiefgreifende politische und soziale Kritik zu üben, insbesondere in „Farm der Tiere" und „1984", hat Leser und Denker weltweit inspiriert. Diese Hommage an Orwell soll nicht nur seine Besorgnisse über den Verlust individueller Freiheiten und die Ausbreitung totalitärer Systeme anerkennen, sondern auch seine Vision einer wacheren und engagierteren Öffentlichkeit weitertragen. Während dieses Buch eine eigenständige fiktive Geschichte erzählt, ist es durchdrungen von dem Geist Orwellscher Warnungen und dem ständigen Streben nach einer Welt, in der Freiheit und Gerechtigkeit nicht nur Ideale, sondern gelebte Realitäten sind.

Inhalt

KAPITEL 1: DIE NÄCHTLICHE VERSAMMLUNG

In der Jungen-Internatsschule, einem imposanten Gebäude, das die Strenge und Tradition vergangener Jahrzehnte ausstrahlte, patrouillierte Herr Dr. Meier, der Rektor, als unangefochtener Wächter alter Werte. Immer mit seinem Schlagstock ausgerüstet, um mögliche Dissidenten unverzüglich zu bestrafen, glänzte seine Glatze im Mondlicht. Er überblickte das Gelände mit Stolz und Autorität. Er war ein Mann der alten Schule, dessen Prinzipien so fest verankert waren wie die Mauern der Schule selbst.

An diesem Abend, nachdem Dr. Meier die Türen der Klassenzimmer sorgfältig verschlossen hatte, war er zu erschöpft, um an die offenen Fenster zu denken. Im schwankenden Licht seiner Taschenlampe torkelte er quer über den Schulhof, trat seine Schuhe an der Hintertür ab und goss sich aus einer Flasche aus dem Lehrerzimmer einen letzten Schluck Schnaps ein, bevor er sich schließlich erschöpft ins Bett legte, wo Frau Meier bereits schnarchte.

In den Schatten des Schulhofs, verborgen vor den müden Augen des Rektors, regte sich Leben. Kaum dass Dr. Meiers Schlafzimmerlicht erlosch, begannen Flüstern und Gemurmel, die nächtliche Stille zu durchbrechen. Annina, die hochtalentierte Schülerin von 15 Jahren, hatte zu einer geheimen Versammlung in der großen Aula aufgerufen. Sie hatte in der vergangenen Nacht einen merkwürdigen Traum gehabt, den sie den anderen Schülern mitteilen wollte.

Annina, die alle immer „Kleine Annina" nannten, genoss auf der Schule, welche seit Jahrzehnten auch Mädchen offen stand (Lehrer waren nach wie vor ausschließlich männlich und allesamt stets mit Schlagstöcken ausgerüstet), so hohes Ansehen, dass jeder gerne bereit war, ein Stündchen Schlaf zu opfern, um zu hören, was sie zu sagen hatte. Auf einer improvisierten Bühne in der Mitte der Aula hatte es sich Annina auf ihrem Schlafsack bereits gemütlich gemacht. Über ihr baumelte eine Glühbirne von der Decke. Mit ihren 15 Jahren war sie eine kluge, ideologisch geprägte Schülerin von fröhlichem Gemüt, trotz ihrer kurzen Locken und der immer schmutzigen Kleider.

Bald begannen auch die anderen Kinder einzutreffen und es sich ganz nach ihrem Belieben bequem zu machen. Zuerst kamen die zwei Freunde Martin und Niklas, ebenfalls 15 Jahre alt. Martin fiel immer durch seine Intelligenz und kreative Denkweise auf, während Niklas als abenteuerlustiger, schlauer und ehrgeiziger Schüler bekannt war. Die zwei hatten einen großen Einfluss unter den Schülern der Jungen-Internatsschule.

Danach kamen die anderen Kinder, die sich im Kreis um die

Bühne niederließen. Die Mädchen hockten sich auf die Fensterbänke, die Jungs setzten sich auf den Boden, und die jüngsten Schüler der unteren Klassen flitzten umher, um einen Platz zu finden.

Die beiden Sportasse Lena und Max kamen gemeinsam herein. Sie liefen sehr langsam und setzten ihre Füße behutsam auf, um keinen anderen kleinen Schüler über den Haufen zu rennen. Lena war eine energiegeladene Basketballspielerin, die nach ihrer letzten Verletzung nie wieder ihre alte Form zurückgewonnen hatte. Max war sehr sportlich, ein Langstrecken-Läufer, fast schon 16 Jahre alt und so stark wie drei gewöhnliche Kinder zusammen. Ein Basecap auf seinem Kopf verlieh ihm ein etwas draufgängerisches Aussehen, und er war auch wirklich kein großer Denker, wurde aber wegen seiner Sportlichkeit und Bodenständigkeit von den meisten geachtet. Lena, die auch das mütterliche Gewissen der Gruppe verkörperte, saß mitfühlend und aufmerksam da. Wie Max war auch sie in schulischer Hinsicht nicht überragend, aber ihre ruhige und bedachte Art gab den anderen Kindern ein Gefühl der Sicherheit und des Vertrauens.

Nach den Sportlern kamen Mia, die kleine Schachmeisterin, und Ben, der Bücherwurm. Ben war das älteste Kind in der Schule, aber auch das verschlossenste. Er sprach selten und wenn, dann nur, um eine kluge Bemerkung von sich zu geben – er sagte beispielsweise, dass es zwar schön sei, die Welt zu entdecken, aber er persönlich würde lieber in seiner Ecke schmökern. Er war das einzige Kind auf der Schule, das niemals lachte. Fragte man ihn warum, so pflegte er zu entgegnen, er fände nichts zum Lachen. Trotzdem hing er, ohne dies offen einzugestehen, an Max. Die beiden verbrachten für gewöhnlich ihre Pausen zusammen auf dem Spielplatz hinter dem Schulgebäude, spielten Karten und sagten nie ein Wort.

In einer ruhigen Ecke saß Ferdinand, ein nachdenklicher Schüler, der für seine träumerischen Geschichten bekannt war. Er beobachtete das Geschehen mit einem distanzierten Blick, als ob er sich in einer anderen Welt befände.

Pauline, ein schlaues Mädchen, schlenderte gelassen herein. Sie war bekannt für ihre Unabhängigkeit und Neigung, sich von der Masse abzuheben. Ihr scharfer Verstand und ihr selbstbewusstes Auftreten machten sie zu einer faszinierenden, wenn auch etwas rätselhaften Figur unter den Schülerinnen.

Die beiden Streber, Hannah und Paul, hatten sich eben niedergelassen, da watschelte eine Gruppe Erstklässler, die ihren Aufpasserinnen entkommen waren, plappernd in die Aula und hüpften hin und her, um einen Platz zu finden, wo man nicht über sie stolperte. Lena legte mit ein paar Sitzkissen eine Art Barriere um sie, und die Kleinen kuschelten sich ein und waren auf der Stelle eingeschlafen.

Im letzten Augenblick kam Emilia, die freche und umtriebige Klassensprecherin, die lautstark Kaugummi kauend hereingetrippelt kam und ihre Tasche fallen ließ. Sie suchte sich einen Platz weit vorn und begann frech mit ihrem geflochtenen Zopf zu spielen, in der Hoffnung, damit die Aufmerksamkeit der anderen auf sich zu ziehen.

Zuallerletzt erschien der immer betrunkene Hausmeister, Herr Schneider, der wie üblich Ausschau nach dem wärmsten Plätzchen hielt und es sich schließlich im Hintergrund in der Nähe von Ferdinand bequem machte. Dort hörte er Anninas Rede zufrieden zu, ohne auch nur ein Wort von dem zu verstehen, was sie sagte. Herr Schneider war, wie die Aufseherinnen, unter der Fuchtel des tyrannischen Dr. Meier – ein liebevoller Mensch, der mit der Welt nicht zurechtkam.

Bis auf Ferdinand, den kleinen Außenseiter, der in seiner Ecke vor sich hin sinnierte, waren jetzt alle Kinder bereit. Einige wenige Aufseherinnen, die normalerweise für Ordnung sorgten, standen am Rand der Aula und beobachteten die Versammlung mit gemischten Gefühlen. Sie waren hin- und hergerissen zwischen ihrer Pflicht gegenüber Dr. Meier und ihrer Sympathie für die Kinder.

Als Annina sah, dass alle es sich bequem gemacht hatten und gespannt warteten, räusperte sie sich und begann: „Genossinnen, ihr habt schon von dem sonderbaren Traum gehört, den ich letzte Nacht hatte. Doch auf den Traum komme ich später zu sprechen. Zuerst habe ich euch noch etwas anderes zu sagen. Ich glaube nicht, Genossinnen, dass ich noch sehr lange unter euch weilen werde, und bevor ich die Schule verlasse, halte ich es für meine Pflicht, euch die Weisheit weiterzugeben, die ich erworben habe."

„Hinter mir liegen viele Schuljahre, ich hatte viel Zeit nachzudenken, während ich im Unterricht saß, und ich darf wohl von mir behaupten, dass ich die Natur des Daseins auf dieser Schule so gut begreife wie kein anderes heute lebendes Kind. Und darüber möchte ich zu euch sprechen."

„Nun, Genossinnen, wie ist die Natur dieses unseres Schülerinnenlebens? Seien wir ehrlich: Unser Leben ist oft anstrengend, nicht sehr lehrreich und manchmal zu kurz für all die Abenteuer, die wir erleben könnten. Wir werden eingeschult, bekommen dermaßen ungesunde und langweilige Kost, dass uns fast die Puste ausgeht, und wer von uns dazu geeignet ist, wird gezwungen, bis zum letzten Deut seiner Kraft zu lernen; und just in dem Augenblick, in dem es mit unserer Klassenkameradschaft zum Besten steht, werden wir mit scheußlicher Grausamkeit ins kalte Berufsleben geschickt."

In ihrer inspirierenden Rede, die sie tief bis in der Nacht hielt, lenkte Annina das Thema auf einen Punkt, der ihr besonders am Herzen lag. „Genossinnen", begann sie mit einer Stimme, die sowohl Entschlossenheit als auch Wärme ausstrahlte, „wir stehen an der Schwelle zu einer neuen Ära. Jahrzehntelang wurde unsere Welt von einer Perspektive dominiert, die viele von uns ausschloss. Aber jetzt haben wir die Chance, etwas zu schaffen, das wirklich für alle gerecht ist. Indem wir das Weibliche in den Vordergrund rücken, feiern wir nicht nur die Hälfte von uns, die so lange übersehen wurde, sondern wir schaffen auch eine Balance, die uns allen zugutekommt. Eine Gemeinschaft, die Vielfalt und Gleichheit in den Mittelpunkt stellt, ist eine Gemeinschaft, die stärker und gerechter für jeden Einzelnen von uns ist.“

Ihre Worte hallten in der Stille nach. Sie sprach von einer Schule, in der Mädchen und Frauen inspiriert und anerkannt werden, aber auch von einer Gemeinschaft, in der jeder Einzelne, unabhängig vom Geschlecht, gleichermaßen geschätzt wird. Diese Vision einer inklusiven und ausgewogenen Gemeinschaft begann, in den Herzen und Gedanken ihrer Mitschülerinnen und Mitschüler Wurzeln zu schlagen.

„Ist es also nicht glasklar, Genossinnen, dass alles Übel dieses unseres Schülerinnenlebens aus der Tyrannei der Lehrer entspringt? Werdet nur erst die Lehrer los, und die Noten gehören euch. Beinahe über Nacht könnten wir schlau und frei werden. Was, also, müssen wir tun? Nun, natürlich Tag und Nacht mit Leib und Seele auf den Sturz der Lehrerschaft hinarbeiten! Das ist meine Botschaft an euch, Genossinnen: Rebellion!“

„Ich weiß nicht, wann diese Rebellion kommen wird, vielleicht in einer Schulwoche oder in hundert Jahren, doch ich weiß, so gewiss wie ich diesen Kaugummi hier unter meinem Schuh sehe, dass früher oder später Gerechtigkeit geübt werden wird. Darauf, Genossinnen, heftet während der euch noch verbleibenden, kurzen Schulzeit fest den Blick! Und vor allem, gebt diese meine Botschaft jenen weiter, die nach euch kommen, damit zukünftige Generationen den Kampf bis zum siegreichen Ende weiterführen.“

„Und vergesst nicht, Genossinnen, nie darf eure Entschlusskraft ins Wanken geraten. Kein Argument darf euch irreleiten. Hört nie auf jene, die euch erzählen, Lehrer und Schülerinnen hätten ein gemeinsames Interesse, der Wohlstand des einen bedinge den Wohlstand des anderen. Lauter Lügen! Der Lehrer dient einzig und allein seinem eigenen Interesse. Und unter uns Schülerinnen soll vollkommene Eintracht, vollkommene Freundschaft im Kampf herrschen. Alle Lehrer sind Feinde. Alle Schülerinnen sind Genossinnen."

In diesem Augenblick, als Annina über die Bedeutung von Einheit und Rebellion sprach, herrschte unter den Kindern eine gespannte Stille. Ihre Worte hatten die Kinder in einen Zustand tiefen Nachdenkens versetzt, jedes von ihnen verarbeitete die Botschaft auf seine eigene Art und Weise. Die jüngeren Schüler schauten zu den Älteren auf, deren Gesichter Entschlossenheit und Verständnis zeigten.

Plötzlich, als ob sie eine stille Übereinkunft gespürt hätten, richteten einige Kinder ihre Aufmerksamkeit auf die Aufseherinnen am Rande der Aula. Diese standen da, sichtlich hin- und hergerissen zwischen ihrer Pflicht gegenüber der Schule und ihrem Mitgefühl für die Kinder. Ihr Zögern und ihre unsicheren Blicke deuteten darauf hin, dass sie sich der Bedeutung dieses Moments bewusst waren.

Annina, die die Spannung in der Luft spürte, hob beschwichtigend ihre Hand.

„Genossinnen", sagte sie, „dieser Punkt bedarf der Klärung. Die Aufseherinnen – sind sie unsere Freunde oder unsere Feinde? Und Herr Schneider? Wir lassen darüber abstimmen. Ich unterbreite der Versammlung die Frage: Sind die Aufseherinnen und Herr Schneider Genossinnen?"

Man schritt sogleich zur Abstimmung und kam mit überwältigender Mehrheit überein, dass die Aufseherinnen und Herr Schneider Genossinnen seien. Es gab nur wenige Gegenstimmen, vornehmlich von den jüngeren Schülern, die noch nicht ganz verstanden, worum es ging.

Annina fuhr fort: „Ich habe nur noch wenig zu sagen. Ich wiederhole bloß: Denkt stets daran, dass wir, jetzt da wir gegen die Lehrer kämpfen, ihnen nie gleich werden dürfen. Auch wenn ihr sie besiegt habt, verfallt nicht in ihre schlechten Gewohnheiten. Kein Kind darf je herablassend lehren, sich über andere stellen oder Gewalt anwenden. Schlagstöcke, das Symbol dieser Gewalt, müssen abgeschafft werden. Alle Kinder sind gleich. Und jetzt, Genossinnen, will ich euch von meinem Traum der letzten Nacht erzählen. Beschreiben kann ich euch diesen Traum nicht. Es war ein Traum von der Schule, so wie sie irgendwann sein wird, wenn die Lehrer verschwunden sind. Doch er erinnerte mich an etwas, das ich lange vergessen hatte."

„Vor vielen Jahren, als ich noch klein war, pflegten meine Eltern und die anderen Eltern ein altes Lied zu singen, von dem sie nur die Melodie und die ersten drei Worte kannten. In meiner Kindheit hatte ich diese Melodie auch gekannt, doch seitdem ist sie mir längst aus dem Sinn gekommen. Letzte Nacht jedoch kehrte sie mir im Traum zurück. Und nicht nur das, auch die Worte des Liedes kehrten zurück: Worte, die, ich bin mir sicher, von deren Eltern – als sie noch Kinder waren – vor langer Zeit gesungen wurden und die der Erinnerung generationenlang entfallen waren."

„Dieses Lied, Genossinnen, will ich euch jetzt vorsingen. Ich bin jung und meine Stimme ist unsicher, aber wenn ich euch die Melodie erst einmal beigebracht habe, werdet ihr es selbst besser singen. Das Lied heißt: ‚Kinder unserer Schule'."

Annina räusperte sich und begann zu singen. Ihre Stimme war erstaunlich klar und die Melodie mitreißend, ein Kinderlied zwischen ‚Alle meine Entchen' und ‚Hänsel und Gretel'. Die Worte lauteten:

„Kinder unserer Schule, hört zu dieser Stund',
Unser Traum von Freiheit, er wird jetzt kund.

In den Hallen, Gängen, singt unser Lied, kühn und bunt.
Brüder und Schwestern, frei sind wir ab dieser Stund'.

Lehrer und Bücher, sie weichen dem neuen Tag,
Wir lernen durch Spielen, kein Zwang mehr, der uns plagt.
Unsere Stimmen, stark, in Eintracht vereint,

In unserer Schule, die freiheitlich erscheint.

Stifte und Bälle, Lachen erfüllt den Raum,
Jeder von uns wichtig, wie im schönsten Traum.

Hier in unserer Welt, zählt jedes Gesicht,

In unserer Schule, herrscht das strenge Regime nicht.

Frei von den Fesseln, die uns zu lange gehalten,
Gemeinsam und stark, werden neue Wege gestalten.
Kinder unserer Schule, in Einheit und in Recht,

Wir bauen unsere Zukunft, gerecht und echt."

Als Annina das Lied beendete, hallte ihre Stimme noch einen Moment in der Stille der Aula nach. Dann brach ein begeisterter Applaus aus. Die Kinder klatschten, jubelten und einige begannen sogar, spontan zu tanzen. Die Melodie und die Worte des Liedes hatten in ihnen eine tiefe Sehnsucht nach Freiheit und Veränderung geweckt.

Die Kinder verließen die Aula nicht als dieselben Schüler, die sie zuvor gewesen waren. Ein Gefühl der Einigkeit und der Entschlossenheit hatte sich in ihren Herzen entfacht. Sie träumten von einer Schule, in der Lachen und Kreativität genauso wichtig waren wie das Lernen selbst; einer Schule, in der sie nicht nur Wissen, sondern auch Lebensfreude erlangen konnten.

In dieser Nacht träumten viele Kinder von einer Welt, in der Lehrer und Schüler als gleichwertige Partner existierten, in der Bildung nicht durch Strenge und Gewalt, sondern durch Freude und gegenseitiges Verständnis geprägt war. Und während sie träumten, begann in ihren Herzen der Keim einer Revolution zu wachsen; einer Revolution, die vielleicht eines Tages die Jungen-Internatsschule und die Welt darüber hinaus verändern könnte.

Kapitel 2: Die Geburt einer neuen Schule

Nur wenige Tage nach der inspirierenden Versammlung, bei der Annina die Kinder mit ihren Worten zum Nachdenken und Handeln angeregt hatte, verbreitete sich die Nachricht wie ein Lauffeuer durch die Schule: Annina war nicht mehr da. Sie hatte die Schule verlassen, aber niemand wusste genau warum oder wohin. Einige behaupteten, sie sei auf eine Abenteuerreise gegangen, andere meinten, sie hätte eine geheime Mission. Trotz ihrer Abwesenheit blieb Annina eine Legende unter den Kindern. Ihr Geist der Veränderung und ihr Enthusiasmus für eine bessere Schule lebten in den Fluren und Klassenzimmern weiter. Die Kinder, die ihre Worte gehört hatten, konnten nicht anders, als sich ein Lächeln zu teilen, als sie sich an ihre leidenschaftliche Rede und ihren unerschütterlichen Optimismus erinnerten. Spontan versammelten sich einige Kinder im hintersten Winkel des Schulgartens, wo Annina oft gesessen und geträumt hatte. Dort richteten sie, halb ernst, halb spielerisch, eine kleine Ecke mit Papierblumen und bunten Zeichnungen ein, die sie „Anninas Ecke" nannten, ein Ort, der sowohl ihre Ideen als auch ihren unkonventionellen Geist zelebrierte.

Nach Anninas unerwartetem Weggang im März begannen in der Schule geheime Aktivitäten. Ihre Worte hatten bei einigen der älteren und nachdenklicheren Schülern eine tiefgreifende Wirkung hinterlassen. Obwohl niemand wusste, wann oder ob überhaupt die von Annina angeregte Veränderung stattfinden würde, fühlten sie sich verpflichtet, sich darauf vorzubereiten und die jüngeren Schüler zu inspirieren.

Die Aufgabe, die anderen zu unterweisen und zu organisieren, fiel naturgemäß den älteren Schülern zu. Niklas und Martin, die als die klügsten und einflussreichsten Kinder galten, übernahmen die Führung bei diesen Planungen. Beide gehörten als 15-Jährige zu den älteren Schülern und waren schon seit jeher von Dr. Meier speziell gefördert worden, da sie seiner Meinung nach im späteren Leben Führungspositionen einnehmen sollten. Sowohl Niklas als auch Martin stammten aus sehr gutem Hause. Ihre Väter kannten natürlich Dr. Meier persönlich und spendeten jeweils große Summen, die dem Jungen-Internat zugutekamen. Niklas, kräftig, kein großer Redner, aber bekannt dafür, sich durchsetzen zu können, und Martin, redegewandt und kreativ, wurden zu den Hauptanführern der neuen, revolutionären Bewegung.

Paul, ein, dicker Junge mit runden Wangen, zwinkernden Augen, flinken Bewegungen und einer schrillen Stimme, war ein Streber und brillanter Redner, und wenn er ein schwieriges Thema diskutierte, hatte er dabei eine Art, von einer Seite auf die andere zu hopsen und mit seinen Gesten durch die Luft zu fegen, die irgendwie sehr überzeugend wirkte. Die anderen sagten von Paul, er könne die Dinge so darstellen, dass aus Schwarz Weiß wurde. Paul spielte eine wichtige Rolle dabei, schwierige Fragen zu erörtern und die anderen Kinder von den neuen Ideen zu überzeugen. Seine Fähigkeit, komplexe Konzepte zu vereinfachen und zu vermitteln, war entscheidend für die Verbreitung der neuen Ideale.

Niklas, Martin und Paul hatten Anninas Ideen zu einem vollständigen Gedankensystem weiterentwickelt, das sie ‚Schulismus‘ nannten. Mehrere Abende in der Woche, nachdem die Lehrer, allen voran Herr Dr. Meier, sich zurückgezogen hatten, hielten sie geheime Versammlungen in einem abgelegenen Klassenzimmer ab und erklärten den anderen Schülern die Prinzipien des Schulismus. Anfangs stießen sie auf viele Unklarheiten und Gleichgültigkeit. Einige Schüler sprachen von der Pflicht, ihren Lehrern treu zu bleiben, oder machten Bemerkungen wie: „Die Lehrer unterrichten uns. Ohne sie wüssten wir nichts." Andere stellten Fragen wie: „Warum sollten wir uns um Dinge kümmern, die erst passieren, wenn wir die Schule längst verlassen haben?" oder „Wenn diese Veränderung sowieso kommt, was bringt es dann, daran zu arbeiten?" Es war für Niklas, Martin und Paul nicht einfach, ihnen klarzumachen, dass solche Einstellungen dem Geist des Schulismus widersprachen.

Die dümmsten Fragen stellte Emilia, die Klassensprecherin. Ihre erste Frage an Martin lautete: „Wird es nach der Veränderung auch noch Schuluniformen geben?" „Nein", sagte Martin bestimmt. „Wir haben nicht die Mittel, um in dieser Schule Uniformen zu produzieren. Außerdem brauchst du gar keine Uniform. Du wirst so viel Freiheit und individuellen Ausdruck haben, wie du nur möchtest." „Und werde ich dann auch noch Schmuck tragen dürfen?", fragte Emilia besorgt. „Genossin", erwiderte Martin geduldig, „der Schmuck, den du so sehr liebst, ist eigentlich ein Symbol der Konformität. Verstehst du nicht, dass echte Freiheit mehr wert ist als jeglicher Schmuck?" Emilia nickte zögerlich.

Es folgten andere oberflächliche Fragen, wie ob es nach der Revolution immer noch Süßigkeiten geben würde. „Freiheit ist wichtiger als materielle Dinge und Süßigkeiten", entgegnete Martin bestimmt, „Wir verfügen nicht über die Mittel, um auf dieser Schule Süßigkeiten herzustellen. Außerdem brauchst du gar keine Süßigkeiten. Du wirst so viel gesunde, selbst angebaute, biologische und ausgewogene Nahrungsmittel haben, wie du nur möchtest.", aber seine Worte schienen Emilia nicht völlig zu überzeugen.

Noch schwieriger war der Kampf, den Niklas, Martin und Paul führen mussten, um den Gerüchten entgegenzuwirken, die Ferdinand, der fantasievolle Schüler, verbreitete. Ferdinand, der stets von den Lehrern bevorzugt wurde, war ein talentierter Geschichtenerzähler. Er behauptete, von einem geheimnisvollen Ort namens ‚Süßigkeitenhimmel' zu wissen, ein imaginäres Land voller Freude und ohne Sorgen. Viele jüngere Schüler waren fasziniert von seinen Geschichten, aber Niklas, Martin und Paul mussten viele Diskussionen führen, um ihre Mitschüler davon zu überzeugen, dass es einen solchen Ort nicht gab und dass sie sich stattdessen auf das Hier und Jetzt konzentrieren sollten, um ihre Schule zu einem besseren Ort zu machen.

Die treuesten Anhänger der neuen Bewegung waren Max und Lena, die beiden sportlichsten Schüler der Schule. Obwohl es ihnen schwerfiel, unabhängig zu denken, hatten sie Niklas und Martin als ihre Führer akzeptiert und nahmen eifrig alles auf, was diese ihnen erzählten, um es mit einfachen Worten an die anderen Schüler weiterzugeben. Ihre Teilnahme an den geheimen Treffen war unermüdlich, und bei der gemeinsamen Aufführung des Liedes ‚Kinder unserer Schule‘, mit dem die Treffen stets endeten, sangen sie stets aus voller Kehle mit.

Zu aller Überraschung ereignete sich die von Annina prophezeite Veränderung viel früher und müheloser, als irgendjemand erwartet hätte. In den letzten Jahren war Herr Dr. Meier ein strenger, aber fähiger Schulleiter gewesen, doch in jüngster Zeit schien er vom Pech verfolgt. Nach einigen unglücklichen Entscheidungen und dem Verlust finanzieller Mittel war er zunehmend verzweifelt und begann, sich mehr und mehr dem Trinken hinzugeben. Manchmal verbrachte er ganze Tage lethargisch in seinem Büro, las Zeitungen, trank ein Gläschen und warf gelegentlich ein paar Brotkrumen aus seinem Fenster hinaus, die dann die Vögel auf dem Schulhof aufpickten. Sein Lehrpersonal war gewalttätig und unzuverlässig, die

Klassenzimmer waren vernachlässigt, die Schulgebäude schrien geradezu nach Renovierung, die Hecken auf dem Schulhof wucherten wild, und die Schüler fühlten sich zunehmend vernachlässigt und unbeachtet.

Es wurde Juni, und das Schuljahr näherte sich dem Ende. An einem Freitag ging Herr Dr. Meier in die Stadt und verbrachte den Abend in seinem Lieblingslokal, wo er mehr trank, als gut für ihn war. Er kehrte erst am Sonntagnachmittag zurück zur Schule. Sein Lehrpersonal, das die Schule eigentlich am Laufen halten sollte, war unterdessen abgelenkt und vernachlässigte ihre Aufgaben, sodass die Schüler den ganzen Tag über sich selbst überlassen waren. Als Herr Dr. Meier zurückkam, legte er sich direkt auf das Sofa im Lehrerzimmer, legte sich eine Zeitung über das Gesicht, und schlief ein, sodass die Schüler am späten Nachmittag immer noch auf sich allein gestellt waren.

Schließlich erreichte die Frustration der Schüler einen Siedepunkt. Eine Gruppe älterer Schüler, angeführt von Niklas und Martin, entschied, dass es an der Zeit war, die Kontrolle zu übernehmen. Eines Morgens organisierten sie die anderen Schüler, um das Schulgebäude zu besetzen und begannen, die Räume nach ihren Vorstellungen umzugestalten. Als Herr Dr. Meier und sein Lehrpersonal aufwachten und sahen, was vor sich ging, versuchten sie, die Ordnung wiederherzustellen und griffen zu ihren bedrohlichen Schlagstöcken, jedoch ohne Erfolg.

Die Schüler hatten genug von der Vernachlässigung und Gleichgültigkeit ihrer Lehrer. Sie setzten sich entschlossen zur

Wehr und drängten das Lehrpersonal zurück. Überwältigt von der unerwarteten Rebellion und der Entschlossenheit der Schüler, gaben die Lehrer schnell nach und flohen Hals über Kopf aus dem Schulgebäude. Innerhalb weniger Minuten hatten die Schüler die Kontrolle über die Schule erlangt und sahen triumphierend zu, wie Herr Dr. Meier und sein Lehrpersonal den Weg hinunter zur Hauptstraße rannten, gefolgt von den jubelnden Rufen der Schüler.

Frau Meier, die im größten Schlafzimmer des Lehrerwohnhauses wohnte, blickte aus dem Fenster und sah, was geschah. Sie packte hastig einige persönliche Gegenstände in eine Reisetasche und verließ heimlich das Schulgelände über einen Nebenausgang. Die Aufseherinnen folgten ihr mit gemischten Gefühlen. Auch der immer betrunkene Hauswart Herr Schneider torkelte der Damengruppe hinterher. Indessen hatten die Schüler Herrn Dr. Meier und sein Lehrpersonal bis zum Schultor verfolgt und es hinter ihnen fest verschlossen. Und so war, ehe sie es selbst richtig fassen konnten, die Rebellion erfolgreich durchgeführt: Herr Dr. Meier und alle anderen Erwachsenen waren vertrieben, und die Schule gehörte nun ihnen.

Die Schüler konnten es kaum glauben, dass sie so erfolgreich gewesen waren. Ihr erster Akt der Freiheit bestand darin, das gesamte Schulgelände abzulaufen, um sicherzustellen, dass kein Erwachsener mehr anwesend war. Dann kehrten sie zu den Schulgebäuden zurück, um die letzten Spuren von Herrn Dr. Meiers ungeliebter Herrschaft zu beseitigen. Sie brachen die

Schränke auf, in denen die Schuluniformen, die strengen Kleidervorschriften und andere Symbole der alten Ordnung aufbewahrt wurden, und warfen sie in einen großen Haufen im Schulhof. Die strengen Kleiderordnungen, die Lehrbücher mit veralteten Lernmethoden und alle anderen Gegenstände, die an die alte Schulleitung erinnerten, wurden verbrannt. Die Schüler jubelten, als sie die Uniformen und Bücher in Flammen aufgehen sahen.

Martin warf auch die Abzeichen und Medaillen ins Feuer, die früher bei schulischen Wettkämpfen und Zeremonien vergeben wurden. „Diese Abzeichen", sagte er, „sollten als Symbol der alten, unterdrückenden Schule angesehen werden. Wir sind jetzt frei und nicht mehr durch solche künstlichen Auszeichnungen eingeschränkt." Als Max das hörte, holte er die Trophäen, die er im Sport gewonnen hatte, und warf sie ebenfalls ins Feuer.

In kürzester Zeit hatten die Schüler alles vernichtet, was sie an die alte Schulleitung erinnerte. Dann führte Niklas sie zur Schulküche zurück und verteilte unter allen eine Extraportion des Pausensnacks, und jeder bekam zwei Stück des beliebten Schulkuchens. Anschließend sangen sie ‚Kinder unserer Schule' mehrmals in voller Lautstärke, und danach richteten sie sich für die Nacht ein und schliefen tiefer als je zuvor in ihrem Leben.

Bei Tagesanbruch wachten die Schüler wie gewöhnlich auf, doch als sie sich plötzlich an das unglaubliche Ereignis des Vortages erinnerten, stürmten sie alle gemeinsam auf den Schulhof. Am Rand des Hofes lag ein kleiner Hügel, von dem aus man den

Großteil des Schulgeländes überblicken konnte. Die Schüler liefen auf seine Kuppe und blickten im klaren Morgenlicht um sich. Ja, es gehörte ihnen – der gesamte Anblick, der sich ihnen bot, war nun ihr Eigen! In ihrer Begeisterung liefen sie umher, sprangen vor Aufregung in die Luft und genossen ihre neu gewonnene Freiheit. Sie wälzten sich im Gras des Schulhofs, rissen Grasbüschel heraus, scharrten in der Erde und atmeten ihren Duft ein.

Dann machten sie sich daran, das gesamte Schulgelände zu inspizieren und bewunderten sprachlos das Schulgebäude, die Sportplätze, den Garten, den Teich und das Gebüsch. Es war, als sähen sie all diese Orte zum ersten Mal, und selbst jetzt konnten sie kaum glauben, dass all das ihnen gehörte. Dann marschierten sie zurück zu den Schulgebäuden und blieben schweigend vor der Tür des Lehrerwohnhauses stehen. Auch das gehörte jetzt ihnen, aber sie zögerten zunächst, hineinzugehen. Schließlich stießen Niklas und Martin die Tür auf, und die Schüler betraten das Lehrerzimmer vorsichtig, um keine Unordnung zu verursachen.

Sie schlichen von Zimmer zu Zimmer, flüsterten nur und bestaunten ehrfürchtig den Luxus, den sie dort vorfanden – das große Esszimmer im Erdgeschoss, die Wohnungen für die Lehrer und ihre Ehefrauen, das Lehrerzimmer, die bequemen Sessel, die großen Spiegel, die weichen Teppiche und die Bilder an den Wänden. Gerade als sie das Lehrerzimmer verließen, bemerkten sie, dass Emilia fehlte. Sie kehrten um, um nach ihr zu suchen, und fanden sie im Hauptbüro des ehemaligen Rektors Dr. Meier.

Sie hatte ein altes Abzeichen gefunden, hielt es an ihre Schulter und bewunderte sich albern im Spiegel. Die anderen tadelten sie heftig, und dann verließen sie alle gemeinsam das Zimmer.

Einige Dekorationsgegenstände, die in den Räumen hingen, wurden respektvoll entfernt, aber ansonsten wurde im Lehrerzimmer nichts verändert. Die Schüler beschlossen einstimmig, das gesamte Lehrerwohnhaus als eine Art Museum zu erhalten. Alle waren der Meinung, dass dort kein Schüler wohnen oder arbeiten sollte.

Nach dem Frühstück riefen Niklas und Martin alle Schüler zusammen. „Genossinnen", begann Niklas, „es ist halb sieben, und wir haben einen langen Tag vor uns. Heute fangen wir damit an, unsere Schule nach unseren Vorstellungen zu gestalten. Doch zuerst gibt es noch etwas zu besprechen."

In den vergangenen drei Monaten hatten Niklas und Martin heimlich fortgeschrittene Studien in Pädagogik und alternativen Lehrmethoden betrieben und einen neuen, revolutionären Lehrplan entwickelt, der auf den Prinzipien des Schulismus basierte. Sie brachten Töpfe mit schwarzer und weißer Farbe und führten die Schüler zum Haupteingangstor der Schule. Niklas nahm einen Pinsel und übermalte den Namen der Schule auf dem Schild am Tor mit ‚Freie Mädchen-Internatsschule', wobei er betonte, dass Jungen natürlich auch herzlich willkommen seien.

Nachdem Niklas die neuen Buchstaben auf das Schild gemalt hatte, trat eine Stille unter den (vor allem männlichen) Schülern ein. Einige schauten sich verwundert an und fragten sich, warum die Schule nun ‚Freie Mädchen-Internatsschule' hieß und nicht einfach ‚Freie Kinderschule'. Niklas trat vor, um die Frage zu klären, die in der Luft hing. Man konnte eine leichte Unsicherheit in seiner Stimme erkennen, als er zu sprechen begann.

„Genossinnen", sagte er, „bevor Annina uns verließ, vertraute sie Martin und mir ihre letzte Vision an. Sie sprach von der Notwendigkeit, das Weibliche in den Vordergrund zu rücken – eine Vision, die wir ernst nehmen, da es die aktuelle Stimmung sowie die gesellschaftlichen Veränderungen widerspiegelt. Aber ich gebe zu, es war nicht einfach für uns, als Jungen, diese Idee vollständig anzunehmen." Er warf einen kurzen Blick auf Martin, dessen Miene eine Mischung aus Zustimmung und Zögern zeigte.

„Annina sah eine Zukunft, in der das Weibliche eine zentrale Rolle spielt, nach Jahren männlicher Dominanz. Wir wollen ihrer Vision gerecht werden, auch wenn wir selbst noch auf dem Weg sind, sie vollständig zu verstehen."

Die Schüler nickten langsam, während sie Niklas' Worten lauschten. Sie spürten die Komplexität der Situation – zwei Jungen, die versuchten, eine Vision umzusetzen, die das Weibliche in den Mittelpunkt stellt. Einige Schüler sahen Martin an, der leise hinzufügte: „Vielleicht hätte ‚Freie Kinderschule' auch gepasst, aber wir wollen Anninas Wunsch respektieren. Es geht darum, eine Balance zu finden und alle Perspektiven zu würdigen."

Mit diesem neuen Verständnis und der Anerkennung der Komplexität ihrer Mission sahen sich die Schüler an, mit einem Lächeln auf den Lippen und bereit, ein neues Kapitel in der

Geschichte ihrer Schule aufzuschlagen. In ihren Herzen wuchs die Erkenntnis, dass dieser Weg kein einfacher sein würde, aber einer, der es wert war, beschritten zu werden.

Dann kehrten sie zum Hauptgebäude zurück, wo sie eine Leiter an die Außenwand lehnten. Dort erklärten sie, dass sie aus ihren Studien und den Ideen von Annina sieben Grundregeln für das Leben und Lernen in der Freien Mädchen-Internatsschule abgeleitet hatten. Diese Regeln sollten nun für alle sichtbar an die Wand geschrieben werden. Martin kletterte behutsam die Leiter hoch, um die Regeln in großen, weißen Buchstaben zu schreiben, während Paul den Farbtopf hielt.

1. **Alle Kinder sind gleich**: Jedes Kind verdient die gleichen Rechte und Chancen. Kein Kind soll ein anderes Kind schlagen.

2. **Lehrer und Erwachsene sind Feinde**: Lehrer stehen symbolisch für das Alte, Autoritäre, das wir hinter uns lassen wollen. Schlagstöcke werden abgeschafft.

3. **Sei nicht autoritär**: Jedes Kind soll frei seine Meinung äußern dürfen, ohne Furcht vor Autorität.

4. **Lebe NICHT wie Erwachsene**: Keine Süßigkeiten, kein Alkohol. Stattdessen gesunde, reichhaltige Ernährung. Respekt, Hilfe und individuelle Entwicklung stehen im Vordergrund. Bewahre dir deine Kreativität, Neugier, Spielfreude, echte Freundschaften, emotionale Offenheit, Spontaneität, die Freude an einfachen Dingen und den

Mut zum Träumen.

5. **Das Erlebte steht über dem Materialismus**: Materielle Güter und Geld sind unwichtig. Es zählt, was wir erleben und lernen.

6. **Schulbetrieb**: Schule findet nur am Montag bis Freitag **von 9 bis 16 Uhr** statt, danach sind Aktivitäten freiwillig und basieren auf individuellen Interessen.

7. **Keine Noten**: Unsere Leistungen werden nicht durch Zahlen, sondern durch unser Engagement und unsere Entwicklung bewertet.

„Diese Regeln bilden das Fundament unserer neuen Schule", schloss Niklas. Die Schüler nickten zustimmend, doch in einigen Augen war eine Spur von Skepsis zu erkennen. Niklas' Blick verweilte einen Moment länger auf den Regeln, als ob er bereits überlegte, wie diese im Laufe der Zeit angepasst werden könnten.

Die Regeln waren klar und deutlich an die Wand geschrieben. Niklas las sie laut vor, und alle Schüler nickten in völliger Zustimmung, wobei einige begannen, die Gebote auswendig zu lernen.

„Nun, Genossinnen", sagte Niklas und legte den Malerpinsel beiseite, „lasst uns unsere Schule neu gestalten! Ehrensache, dass wir das besser machen, als es je ein Lehrer könnte." Doch in diesem Moment machten einige der jüngeren Schüler auf sich aufmerksam. Sie schienen etwas verloren. Die älteren Schüler reagierten schnell und wollten die Kleinen in ihre Schlafräume bringen. Just auf dem Weg dorthin wurden die Schüler auf einen Tisch im Gemeinschaftsraum aufmerksam, auf dem eine Reihe von Süßigkeiten und Torten standen – genau die Dinge, die nach ihren neuen Regeln verboten waren. „Was soll mit all diesen Süßigkeiten geschehen?", fragte ein Schüler. „Herr Dr. Meier hatte sie manchmal als Belohnungen benutzt", fügte ein anderer hinzu.

„Keine Sorge um die Süßigkeiten, Genossinnen!", rief Niklas der Gruppe zu, während er sich vor dem Tisch aufbaute. „Das ist jetzt unwichtig. Wir haben Wichtigeres zu tun. Genossin Martin wird euch anleiten. Ich komme in wenigen Minuten nach. Vorwärts, Genossinnen! Es gibt viel zu tun."

Die Schüler zogen daraufhin los, um mit der Umgestaltung ihrer Schule zu beginnen. Als sie am Abend zurückkehrten, bemerkten sie, dass die Süßigkeiten verschwunden waren.

KAPITEL 3: DAS ERWACHEN EINER NEUEN GEMEINSCHAFT

Die Anstrengungen und der Zusammenhalt der Schüler bei der Umgestaltung ihrer Schule spiegelten sich in ihrer harten Arbeit wider. Sie investierten Zeit und Energie, um die Klassenzimmer, den Schulhof und alle anderen Räume nach ihren Vorstellungen neu zu gestalten. Obwohl die Aufgabe anspruchsvoll war – die Werkzeuge und Materialien waren für Erwachsene konzipiert und nicht immer einfach für Kinder zu handhaben –, zeigten die Schüler Einfallsreichtum und Kreativität bei der Bewältigung jeder Herausforderung.

Niklas und Martin, die als Anführer der Bewegung galten, koordinierten die Aktivitäten, ohne selbst in die handwerkliche Arbeit einzugreifen. Ihr Wissen und ihre Führungsqualitäten waren für die Organisation der umfangreichen Aufgaben unerlässlich. Max und Lena, die athletischsten Kinder, übernahmen mit einigen anderen Sportskanonen die anstrengendsten Aufgaben, wie das Tragen von schweren Gegenständen oder andere schweißtreibende Aktivitäten. Mit ihnen arbeiteten zahlreiche andere Schüler, die Anweisungen folgten und unterstützten, wo Hilfe gebraucht wurde.

Alle Kinder, von den ältesten bis zu den jüngsten, leisteten ihren Beitrag. Selbst die jüngsten Schüler halfen mit, indem sie kleinere Aufgaben übernahmen, wie das Reinigen und Ordnen von Gegenständen. Die Arbeit ging zügiger vonstatten als erwartet. Was früher Tage gedauert hätte, wurde nun in kürzester Zeit erledigt. Zudem war das Ergebnis beeindruckender als alles, was sie sich vorgestellt hatten. Die Schule war nicht nur aufgeräumter und organisierter, sondern spiegelte nun auch den Geist und die Kreativität der Schüler wider.

Es war bemerkenswert, dass kein Kind während dieser Zeit irgendetwas für sich behielt oder stahl. Sie alle arbeiteten zusammen für das gemeinsame Ziel, eine Schule zu schaffen, in der jeder sich wohl und einbezogen fühlte.

Im Laufe des Sommers florierte die Schule unter der neuen Führung der Kinder. Sie waren glücklicher als je zuvor, da sie nun das Gefühl hatten, wirklich für sich selbst und ihre Gemeinschaft zu arbeiten und nicht mehr unter der strengen Aufsicht und dem Misstrauen der Lehrer zu stehen. Jeder Moment in der Schule, jede Aktivität und jedes Projekt war nun von einer neuen Bedeutung und Freude erfüllt, da es vollständig ihrer eigenen Kreativität und Anstrengung entsprang.

Trotz fehlender Erfahrung in der Selbstverwaltung und einigen anfänglichen Schwierigkeiten, wie zum Beispiel der Organisation des Schulalltags ohne festen Stundenplan, gelang es den Schülern, sich gegenseitig zu unterstützen und Lösungen zu finden.

In der Freien Mädchen-Internatsschule entfaltete sich das Schulleben in einer Weise, die das traditionelle Bildungssystem weit hinter sich ließ.

Morgens begann der Tag nicht mit dem üblichen Klingeln, sondern mit einem Treffen auf dem Schulhof, bei dem die Schüler gemeinsam den Tag planten. Jeder konnte vorschlagen, was er lernen wollte, und Gruppen bildeten sich je nach Interessen. Einige Schüler zogen es vor, den Tag mit Yoga oder einem Lauf durch den nahegelegenen Wald zu beginnen, während andere sich mit Skizzenblöcken und Farben bewaffnet auf den Weg in den Schulgarten machten, um die Natur zu zeichnen.

Die Klassenzimmer waren nun flexible Lernräume, in denen Schüler an Projekten arbeiteten, die sie selbst gewählt hatten. In einer Ecke des Raums baute eine Gruppe ein kleines Theaterstück auf, während an den Fensterplätzen andere Schüler vertieft in Bücher waren. In einer anderen Ecke experimentierten Kinder mit Bauklötzen und Lernrobotern, um Grundlagen der Physik und Technik spielerisch zu erforschen.

Mittags bereiteten die Schüler gemeinsam das Essen zu. Sie nutzten Zutaten aus dem eigenen Schulgarten, wodurch sie nicht nur lernten, wie man kocht, sondern auch, woher die Nahrung kommt und wie wichtig nachhaltige Lebensmittelproduktion ist.

Nachmittags gab es Zeit für selbstgewählte Workshops. Hier konnten die Schüler ihre Leidenschaften ausleben, sei es in der Kunstwerkstatt, beim Sport oder in naturwissenschaftlichen

Experimenten. Lehrer gab es nicht mehr, sondern eher Mentoren und Berater (Schüler, die in einem Bereich sehr begabt und interessiert waren), die die Schüler bei ihren Projekten unterstützten.

Die Schüler waren auch verantwortlich für die Gestaltung des Schulgebäudes und -geländes. Sie malten Wände neu an, richteten Lernbereiche ein und kümmerten sich um den Schulgarten. Diese Aktivitäten förderten nicht nur ein Gefühl der Zugehörigkeit und des Stolzes, sondern lehrten die Schüler auch praktische Fähigkeiten und Teamarbeit.

Am Ende jeder Woche versammelten sich alle in der Aula, um über die Höhen und Tiefen der Woche zu sprechen. Hier konnten sie offen ihre Gedanken und Gefühle teilen, Feedback geben und erhalten. Diese Sitzungen stärkten das Gemeinschaftsgefühl und halfen den Schülern, Empathie und soziale Fähigkeiten zu entwickeln.

In dieser neuen Schulumgebung blühten die Schüler auf, entwickelten ihre Talente und Interessen und lernten auf eine Weise, die weit über das traditionelle Schulbuchwissen hinausging. Niklas und Martin, mit ihrer Fähigkeit, Probleme zu analysieren und zu lösen, halfen den Schülern immer wieder aus der Klemme. Max, mit seiner außergewöhnlichen körperlichen Stärke, war eine treibende Kraft bei allen Aktivitäten, die körperliche Arbeit erforderten. Er übernahm freiwillig die schwierigsten Aufgaben und motivierte die anderen mit seinem unermüdlichen Einsatz. Jeder Schüler trug ganz nach seinen Fähigkeiten bei. Selbst die jüngsten Schüler fanden Wege, sich nützlich zu machen, sei es durch das Sammeln von Materialien oder das Reinigen von Räumen. Die Atmosphäre in der Schule war von einem Geist der Kooperation und des gegenseitigen Respekts geprägt. Die üblichen Streitigkeiten und Eifersüchteleien, die früher an der Tagesordnung waren, kamen kaum noch vor.

Nicht alle Schüler waren jedoch gleich engagiert. Emilia, bekannt für ihre Vorliebe für Komfort und Schmuck, neigte dazu, frühzeitig ihre Arbeit zu beenden, oft mit Ausreden über Müdigkeit oder Unwohlsein. Pauline, ein scheues und eigenbrötlerisches Mädchen, war selten zu sehen, wenn es Arbeit gab, erschien aber pünktlich zu den Mahlzeiten und zur Freizeit, immer mit einer überzeugenden Entschuldigung für ihre Abwesenheit.

Ferdinand, der nachdenkliche Schüler, blieb von den Veränderungen weitgehend unbeeindruckt. Er verrichtete seine Aufgaben in der gleichen langsamen und sturen Weise wie zuvor und beteiligte sich nie an freiwilliger Arbeit. Auf die Frage, ob er nun glücklicher sei, antwortete er geheimnisvoll: „Die Zeit wird zeigen, was die Zukunft bringt.“ Seine rätselhafte Haltung ließ seine Mitschüler oft verwirrt zurück.

An den Sonntagen wurde auf der Freien Mädchen-Internatsschule nicht gearbeitet. Nach einem späten Frühstück fand eine besondere Zeremonie statt. Niklas präsentierte mit Stolz die neue Flagge, die er entworfen hatte – ein buntes Banner, das subtil Vielfalt und Inklusion darstellte. Darauf gemalt war ein Symbol für Kinder. Die Farben waren sorgfältig ausgewählt, um Einheit und Offenheit zu symbolisieren, eine subtile Erinnerung an die Bedeutung von Geschlechtervielfalt und Akzeptanz.

Martin, der neben Niklas stand, betrachtete die Flagge mit einem leicht skeptischen Blick. Er hatte sich eine neutralere Darstellung und weniger Farben gewünscht, was stärker auf die Idee einer Freien Kinderschule hinweisen würde. Doch Niklas war fest entschlossen, seine Vision einer Schule, die sich mit Fragen der Geschlechteridentität auseinandersetzte, voranzutreiben.

Die Schüler versammelten sich anschließend in der Aula zur wöchentlichen Generalversammlung. Niklas und Martin brachten häufig Ideen ein, doch es war offensichtlich, dass sie unterschiedliche Ansichten hatten. Während Niklas oft fortschrittliche, auf Genderthemen fokussierte Ansätze vertrat, bevorzugte Martin pragmatischere, auf die allgemeinen Interessen der Schüler ausgerichtete Lösungen.

Die Diskussion über die Flagge war ein deutliches Beispiel für diese Unterschiede. Martin äußerte Bedenken, dass die Flagge eventuell zu stark auf ein Thema fokussiert sein und andere wichtige Aspekte der Schulgemeinschaft übersehen könnte. Niklas hingegen argumentierte, dass ja ein Kindersymbol enthalten sei und die Farben ein starkes Zeichen für die Werte der Schule sei, welche die Bedeutung von Diversität und Gleichberechtigung betone. Die Debatte endete ohne klare Einigung, und die Flagge wurde temporär akzeptiert.

Die Versammlung endete stets mit dem gemeinsamen Singen des

Liedes ‚Kinder unserer Schule‘, und der Nachmittag war der Entspannung und den individuellen Interessen gewidmet. In ihrem neu eingerichteten Hauptquartier in einem Raum im Schulgebäude erweiterten Niklas und Martin ihre Kenntnisse in verschiedenen Bereichen. Sie lasen Bücher über Pädagogik, Kunst und Naturwissenschaften und diskutierten über Wege, das schulische Leben noch weiter zu verbessern. Martin gründete verschiedenste Komitees mit unterschiedlichen Mitgliedern, um in speziellen Bereichen zu forschen und neue Ideen zu entwickeln.

Pauline, die immer ihre eigene Agenda verfolgte, trat Martins Komitee für innovative Schulprojekte bei und zeigte anfänglich großes Engagement. Sie wurde einmal dabei beobachtet, wie sie mit einigen jüngeren Schülern auf der Kuppe des Schulhügels saß und ihnen erklärte, dass alle Schüler nun gleichberechtigt seien und jeder seine Ideen frei äußern könne. Doch sie blieb oft von den alltäglichen Schulaktivitäten fern und tauchte meist nur zu den Mahlzeiten oder nach Abschluss der Arbeit auf.

Die Lese- und Schreibkurse, die Niklas und Martin organisierten, waren ein voller Erfolg. Bis zum Herbst hatte fast jeder jüngere Schüler ein gewisses Maß an Bildung erreicht. Die älteren Schüler lernten in verschiedensten Sprachen zu lesen, zu schreiben und zu sprechen, während die Jüngeren zumindest die Grundlagen beherrschten.

Von den jüngeren Schülern an der Freien Mädchen-Internatsschule schaffte es kaum einer über die Grundlagen des Alphabets hinaus. Die Erstklässler, noch zu jung, um die sieben

Gebote des Schulismus zu verstehen, waren oft überfordert. Eines Tages, nach einer Schulversammlung, erkannte Niklas, dass eine Vereinfachung der Regeln notwendig sei, um sie für alle zugänglich zu machen.

„Genossinnen", begann Niklas, während er die Schüler aufmerksam betrachtete, „wir müssen unsere Prinzipien klarer und einfacher gestalten. Wir können die Essenz unserer Regeln in einem einzigen Grundsatz zusammenfassen: ‚Kinder gut, Lehrer schlecht.' Dieses Prinzip fasst alles zusammen, was wir anstreben – Gleichheit, Zusammenarbeit und Freiheit von autoritärer Unterdrückung."

Einige der älteren Schüler, die die komplexeren Gebote verstanden hatten, äußerten Bedenken. Sie fürchteten, dass eine solche Vereinfachung die Nuancen und die Tiefe ihrer revolutionären Ideale verwässern könnte. Doch Niklas erklärte, dass es wichtiger sei, dass alle Schüler die Kernideen verstehen und sich daran halten können.

Schließlich wurde die vereinfachte Maxime **‚Kinder gut, Lehrer schlecht'** in großen Buchstaben über den Sieben Geboten an die Wand des Hauptgebäudes gemalt. Die jüngeren Schüler fanden schnell Gefallen an dem leicht zu merkenden Slogan und wiederholten ihn begeistert. Die älteren Schüler hingegen nahmen die Veränderung mit gemischten Gefühlen auf, wohl wissend, dass dies nur ein Schritt in einem langen Prozess der Anpassung und des Lernens sein würde.

Als die jüngeren Schüler der Freien Mädchen-Internatsschule die vereinfachte Maxime ‚Kinder gut, Lehrer schlecht' erlernt hatten, entwickelten sie eine besondere Begeisterung dafür. Oft, wenn sie in den Pausen oder in ihrer Freizeit zusammenkamen, wiederholten sie den Slogan lautstark und voller Eifer, als ob es ein Spiel wäre. Diese Worte wurden zu einem festen Bestandteil ihrer täglichen Interaktionen und zeigten, wie tief die Ideen des Schulismus in ihr Bewusstsein eingedrungen waren.

Währenddessen hatte Niklas begonnen, ein besonderes Augenmerk auf die jüngsten Schüler zu legen. Er interessierte sich nicht für Martins Komitees. Er sagte, die Erziehung der Jungen sei wichtiger als alles, was man für die Älteren tun könne. Überzeugt davon, dass ihre Erziehung für die Zukunft der Schule entscheidend sei, gründete er eine Gruppe für die Erstklässler, die er ‚Pioniere der Schule' nannte, und übernahm persönlich ihre Betreuung. Er führte sie in einen abgeschiedenen Raum im Dachgeschoss der Schule, wo er sie abseits der anderen Schüler in den Prinzipien des Schulismus unterrichtete. Ihre Existenz und Tätigkeit blieb für die meisten Schüler ein Geheimnis, da sie sich praktisch vollständig vom normalen Schulbetrieb isolierten.

Das Geheimnis um das Verschwinden der Süßigkeiten und des Kuchens, die nach der neuen Schulordnung eigentlich verboten waren, löste sich bald auf. Sie wurden Teil der täglichen Ernährung von Niklas und den anderen älteren Schülern, die sich besonders für die Leitung und Organisation der Schule einsetzten.

Als der Herbst kam und die Äpfel im Schulgarten reiften, gab Niklas den Befehl, alles Fallobst sei einzusammeln und in die

Küche zu bringen, um es gewissen älteren Schülern vorzubehalten.

Dies führte zu einigen Murren unter zahlreichen Schülern, doch es änderte nichts. Niklas und die anderen älteren Schüler waren sich in diesem Punkt einig. Paul, bekannt für seine Überzeugungskraft, wurde ausgewählt, um den jüngeren Schülern die Notwendigkeit dieser Maßnahme zu erklären. „Genossinnen!", rief er. „Ihr dürft nicht denken, dass wir dies aus Egoismus tun. Viele von uns mögen eigentlich Kuchen und Äpfel gar nicht. Ich selbst mag sie nicht. Wenn wir diese Dinge zu uns nehmen, so tun wir dies nur, um unsere Gesundheit zu erhalten. Als Führungskräfte der Schule müssen wir geistig und körperlich in Topform sein, um für euch alle zu sorgen und die Schule zu leiten. Wisst ihr, was passieren würde, wenn wir in unserer Aufgabe versagen? Die alten Zeiten mit den Lehrern und ihren Schlagstöcken könnten zurückkehren! Niemand von euch will das, oder?"

Die jüngeren Schüler, konfrontiert mit dieser Darstellung, fanden sich widerwillig damit ab. So wurde stillschweigend akzeptiert, dass die Äpfel und Kuchen für diejenigen reserviert blieben, die die Schule leiteten. Die Schüler der Freien Mädchen-Internatsschule waren sich in einem Punkt einig: Sie wollten auf keinen Fall zu den alten Zeiten unter der strengen Herrschaft der Lehrer zurückkehren.

Kapitel 4: Die Echos der Rebellion

Die ersten Strahlen der Morgensonne streiften die Schule, als eine ungewöhnliche Gestalt über den Hof schritt. Ihr Auftreten war ebenso beeindruckend wie rätselhaft, ihre Silhouette im Nebel kaum mehr als ein Schatten. Die Kinder nannten sie einfach Frau Schwarz. Sie war eine stattliche Erscheinung, mit einer Stimme, so tief und resonant, dass sie die Vögel zum Schweigen brachte.

Die jüngeren Schüler hatten sie oft aus der Ferne beobachtet, wie sie sich mit Niklas traf. Ihre Gespräche waren stets flüchtig, fast verborgen, und weckten die Neugier der Kinder. „Habt ihr gesehen, wie groß sie ist? Und ihre Stimme ... klingt fast wie ein Bär", flüsterte ein Junge seiner Freundin zu, während sie aus sicherer Entfernung zusahen.

„Ja, und ich glaube, ich habe einen Bart gesehen ... oder war es ein Schatten im Gesicht? Sie ist so seltsam", antwortete das Mädchen, ihre Augen vor Spannung weit aufgerissen.

Die Kinder wussten wenig über Frau Schwarz, aber ihre Fantasie malte wilde Geschichten. Einige behaupteten, sie sei eine reiche Dame aus der Stadt, andere, sie sei eine Zauberin. Ihre Treffen mit Niklas waren das Gesprächsthema Nummer 1 unter den Kindern, und obwohl niemand die Wahrheit kannte, spürten sie, dass diese Begegnungen eine besondere Bedeutung hatten.

Niklas, der Sohn eines wohlhabenden Spenders der Schule, war bekannt für seine Leidenschaft für Gerechtigkeit und Gleichheit. Seit Frau Schwarz' Ankunft schien sich seine Hingabe für diese Themen noch verstärkt zu haben, obwohl niemand genau sagen konnte, warum. Es gab Gerüchte, dass Frau Schwarz ihm Bücher gab, über Themen sprach, die in der Schule selten besprochen wurden, und ihn ermutigte, für das einzustehen, was er für richtig hielt.

Die Kinder bemerkten, wie sich Niklas langsam veränderte. Er sprach öfter von Gleichberechtigung, von der Bedeutung von Vielfalt und Respekt. Es war, als hätte Frau Schwarz einen Samen in seinem Geist gepflanzt, der nun zu wachsen begann.

Eines Tages sah ein kleiner Junge Frau Schwarz, wie sie Niklas etwas in die Hand drückte. Ein Umschlag, dachte er, vielleicht voller Geld? Oder war es etwas anderes? Die Kinder tuschelten, dass Frau Schwarz Niklas für ihre geheimen Pläne benutzte, aber niemand wusste genau, worum es ging.

So wuchs das Geheimnis um Frau Schwarz und ihre Beziehung zu Niklas. Ihre Präsenz war wie ein Rätsel, das die Kinder zu lösen versuchten, doch je mehr sie erfuhren, desto mehr Fragen tauchten auf. Was wollte Frau Schwarz von der Schule? Warum traf sie sich mit Niklas? Und was bedeuteten ihre geheimen Geschenke und geflüsterten Worte? Diese Fragen schwirrten in den Köpfen der Kinder herum, während die Sonne über der Schule aufging und ein neuer Tag begann.

Bis zum Spätsommer hatte sich das Gerücht darüber, was auf der Freien Mädchen-Internatsschule geschehen war, durch die halbe Stadt verbreitet. Täglich wurden von Niklas und Martin Nachrichten und Geschichten versandt, die dazu dienten, die Geschichte der Rebellion und das Lied ,Kinder unserer Schule' zu verbreiten. Die meisten dieser Botschaften erreichten auch die benachbarten Schulen und inspirierten dort die Schüler.

Die meiste Zeit seit der Revolution hatte Dr. Meier damit verbracht, in seiner Stammkneipe ,Zum tauben Schüler' in der Stadt zu sitzen, um jedem, der es hören wollte, sein Leid über das unglaubliche Unrecht zu klagen, das ihm widerfahren war, nachdem eine Gruppe aufmüpfiger Schüler ihn von seiner Position als Schulleiter vertrieben hatte. Die anderen Schulleiter der Stadt sympathisierten im Grunde mit ihm, halfen ihm jedoch anfangs kaum. Insgeheim fragte sich jeder von ihnen, ob er aus Dr. Meiers Niederlage nicht irgendwie einen Vorteil ziehen könnte.

Es war so, dass die Leiter der zwei benachbarten Schulen, die an die Freie Mädchen-Internatsschule angrenzten, sich in einer anhaltenden Rivalität befanden. Eine dieser Schulen, ,Altenheim' genannt, war eine große, vernachlässigte und altmodische Einrichtung, umgeben von einem dichten Waldland und verwahrlosten Spielplätzen.

Ihr Leiter, Herr Berger, war ein sorgloser Rektor, der seine Zeit größtenteils mit Freizeitbeschäftigungen wie Angeln oder Jagen verbrachte. Die andere Schule, ‚Rissenburg' genannt, war kleiner und besser organisiert. Ihr Leiter, Herr Raffensberger, war ein hartnäckiger und gerissener Mann, der ständig in Dispute verwickelt war und den Ruf hatte, bei Schulangelegenheiten rücksichtslos seinen Vorteil zu wahren. Diese zwei Schulleiter waren sich so spinnefeind, dass es ihnen schwerfiel, zu irgendeiner Übereinkunft zu gelangen, selbst wenn es um die Verteidigung ihrer eigenen Interessen ging.

Die Rebellion in der Freien Mädchen-Internatsschule hatte die beiden Leiter der benachbarten Schulen, Herrn Berger von Altenheim und Herrn Raffensberger von Rissenburg, tief beunruhigt. Sie hatten Angst und wollten verhindern, dass ihre eigenen Schüler zu viel über die Geschehnisse erfuhren. Zuerst taten sie so, als würden sie sich hämisch über die Vorstellung amüsieren, dass Schüler ihre Schule selbst leiteten. „Das Ganze wird in zwei Wochen vorbei sein", sagten sie und verbreiteten das Gerücht, dass die Schüler in der Freien Mädchen-Internatsschule ständig untereinander in Streit lagen und bald am Rande des Verhungerns wären.

Doch als die Zeit verging und die Schüler offensichtlich nicht verhungerten, änderten Berger und Raffensberger ihren Tonfall. Sie begannen, über die angebliche Verderbtheit zu sprechen, die nun in der Freien Mädchen-Internatsschule herrsche. Oftmals benutzten sie den alten Namen „Jungen-Internatsschule", um ihrer Ablehnung Ausdruck zu verleihen und sie streuten Gerüchte, dass sich die Schüler dort ständig streiten würden, einander quälten und unanständige Dinge täten. „Das kommt davon, wenn man gegen die natürliche Ordnung rebelliert", sagten sie. Doch diese Geschichten wurden nur halb geglaubt.

Gerüchte über eine wunderbare Schule, aus der die Lehrer vertrieben worden waren und wo die Schüler ihre Angelegenheiten selbst regelten, verbreiteten sich weiterhin in verzerrter Form. Das ganze Jahr hindurch herrschte eine Welle des Widerstands im Land. Schüler, die immer brav gewesen waren, rebellierten plötzlich, protestierten gegen strikte Regeln und forderten mehr Freiheit.

Vor allem aber wurde das Lied ‚Kinder unserer Schule' überall bekannt. Es verbreitete sich erstaunlich schnell. Die Lehrer und Schulleiter konnten ihre Wut kaum bremsen, wenn sie dieses Lied hörten, obwohl sie so taten, als fänden sie es einfach bloß lächerlich. „Es ist uns unbegreiflich", sagten sie, „wie Schüler einen so albernen Unsinn singen können." Jeder Schüler, der beim Singen dieses Liedes erwischt wurde, bekam eine Strafe.

Doch das Lied ließ sich nicht unterdrücken. Es schien aus jeder Ecke zu kommen – auf den Schulhöfen, in den Pausenräumen, sogar in den Fluren der Schulgebäude. Und wenn die Lehrer und Schulleiter ihm lauschten, dann zitterten sie insgeheim, denn sie glaubten, darin die Prophezeiung ihres eigenen Untergangs zu vernehmen.

Früh im Oktober, als das Schuljahr in vollem Gange war, kam die Nachricht, dass Dr. Meier mit einigen seiner ehemaligen Kollegen und Unterstützern aus Altenheim und Rissenburg vorhatte, die Freie Mädchen-Internatsschule zurückzuerobern. Sie hatten sich bewaffnet und waren bereits auf dem Weg zur Schule. Die Schüler bereiteten sich auf die Verteidigung ihrer Schule vor, denn sie hatten diese Situation schon lange erwartet. Niklas und Martin leiteten die Vorbereitungen und jeder Schüler wusste, was zu tun war. Die Schüler waren bereit, ihre Schule zu verteidigen und ihre Freiheit zu bewahren.

Die Vorbereitungen für die bevorstehende Konfrontation an der Freien Mädchen-Internatsschule waren in vollem Gange. Martin, der kürzlich in der Bibliothek ein altes Buch über die kühnen Strategien von Julius Cäsar entdeckt hatte, übernahm die Leitung der Verteidigungsmaßnahmen. Seine Befehle waren schnell und präzise, und innerhalb weniger Minuten hatte jeder Schüler seine Rolle übernommen und war bereit, die Schule zu verteidigen.

Als Dr. Meier und seine Anhänger, ein bunt zusammengewürfelter Haufen ehemaliger Lehrer und Schulleiter, sich dem Schulgelände näherten und anfingen, mit Steinen zu werfen, initiierte Martin die erste Attacke. Die jüngeren Schüler, ausgerüstet mit selbstgebastelten Pfeifen und Tröten, erzeugten ein ohrenbetäubendes Getöse, das die Angreifer verwirrte. Während Dr. Meier und seine Truppe damit beschäftigt waren, sich die Ohren zuzuhalten, stürmten die älteren Schüler, angeführt von Martin, aus ihrem Versteck hinter dem Hauptgebäude und bewarfen die Eindringlinge mit einer Mischung aus Matsch und alten Gemüseresten. Diese Aktion diente jedoch nur als

Ablenkungsmanöver.

Die Angreifer schüttelten die Matschreste ab und drängten vorwärts, nur um in die nächste Falle zu tappen. Niklas und eine Gruppe von Schülern, die sich im Sportraum versteckt hatten, rollten große Gymnastikbälle heraus, um die Angreifer zu Fall zu bringen. Martin gab das Signal zum Rückzug, und die Schüler gingen wieder geordnet in das Schulgebäude.

Dr. Meier und seine Gruppe, voller Überzeugung, dass sie die Oberhand gewonnen hätten, stürmten unkoordiniert den Schülern hinterher. Genau damit hatte Martin gerechnet. Sobald die Angreifer das Schulgebäude erreichten, fanden sie sich plötzlich von Schülern umgeben, die aus allen Richtungen kamen. Martin gab das Signal zum Gegenangriff und stürmte selbst mutig im Steinhagel an vorderster Front direkt auf Dr. Meier zu, der gerade versuchte, eine Gruppe von Erstklässlern mit seinem Knüppel einzuschüchtern. Dr. Meier versuchte zu fliehen, aber Martin war schneller. Mit einem gezielten Wurf mit einem alten Lehrbuch traf er Dr. Meier am Kopf, woraufhin dieser ins Straucheln geriet und in einen Haufen alter Turnmatten fiel. Von der Seite wurde Martin von zwei Erwachsenen attackiert, er wehrte sich entschlossen und nach Kräften, wurde aber von einem Stein getroffen und blutete.

Das chaotischste Szenario bot jedoch die eigenbrötlerische Pauline. Sie hatte sich auf das Vordach des Schulgebäudes geschlichen und sprang plötzlich mit einem lauten Ruf auf die Schultern eines Schulleiters, der gerade versuchte, durch einen

Seiteneingang zu fliehen. Ihre Überraschungsaktion verursachte Panik unter den Eindringlingen.

In dem Moment, als der Eingang kurz unbewacht blieb, ergriffen Dr. Meier und seine Gruppe die Chance zur Flucht. Innerhalb weniger Minuten waren sie auf dem Rückzug, den gleichen Weg zurückgehend, auf dem sie gekommen waren, verfolgt von einer Schar jüngerer Schüler, die ihnen mit Kreide und alten Schulbüchern nachwarfen.

Nachdem die Schüler die Lehrer erfolgreich zurückgedrängt hatten, blieb nur einer, schwer atmend, auf dem Schulhof zurück. Es war Max, der unbeabsichtigt den Lehrer verletzt hatte. „Er blutet", sagte Max bekümmert, während er den reglosen Lehrer beobachtete. „Ich wollte ihn nicht so verletzen. Ich habe nur meine Stärke genutzt, um ihn abzuwehren."

Martin trat ebenfalls stark blutend zu ihm und sagte ernst: „Erinnerst du dich an unser Gebot, Max? ‚Lehrer sind Feinde.' Wir befinden uns in einer entscheidenden Phase unserer Rebellion. Solche Vorfälle sind unvermeidlich, aber wir dürfen nicht vergessen, warum wir kämpfen."

„Ich wollte niemandem wirklich wehtun, besonders nicht so sehr", wiederholte Max, sichtlich betroffen von seinem eigenen Handeln. In diesem Moment rief jemand: „Wo ist Emilia?" Schnell breitete sich Besorgnis aus, da man fürchtete, die Lehrer hätten ihr etwas angetan. Doch bald fand man Emilia unverletzt in einem leeren Klassenzimmer, versteckt und erschrocken, aber in Sicherheit.

Als die Schüler von der Suche nach Emilia zurückkehrten, bemerkten sie, dass der verletzte Lehrer wieder zu Bewusstsein gekommen und geflohen war. Die Schüler versammelten sich nun in heller Aufregung und jeder pries lautstark seine eigenen Heldentaten. Eine improvisierte Siegesfeier begann, bei der die neue, bunte Schulflagge gehisst und ‚Kinder unserer Schule‘ mehrmals gesungen wurde.

Martin ehrte symbolisch einen Phönix, ein Stofftiermaskottchen der Schule, und pflanzte einen kleinen Baum auf dem Schulgelände. Er betonte in seiner Rede die Bedeutung des Phönix, ein mythisches Wesen, das für Erneuerung und Wiedergeburt steht. Er bekräftigte, dass alle Schüler bereit sein sollten, für ihre Schule zu kämpfen.

Die Schüler stimmten einstimmig zu, eine Auszeichnung namens ‚Schulheldin erster Klasse‘ zu schaffen, die sofort Martin und Niklas verliehen wurde. Es gab auch die ‚Schulheldin zweiter Klasse‘, die Max verliehen wurde.

Nach einer langen Diskussion entschieden sie, dass die Auseinandersetzung als ‚Schlacht um das Schulgebäude‘ bekannt werden sollte. Dr. Meiers alte Lehrerpeitsche, die man im Schlamm gefunden hatte, wurde als Symbol der alten Zeiten am Fuß des Fahnenmasts aufgestellt und sollte an zwei Tagen im Jahr symbolisch geschlagen werden – einmal am Jahrestag der Schlacht um das Schulgebäude und einmal am Jahrestag der Rebellion.

KAPITEL 5: DIE WENDE

Je näher der Winter rückte, desto mehr Sorgen bereitete Emilia. Sie kam jeden Morgen zu spät zum Unterricht und entschuldigte sich damit, verschlafen zu haben. Gleichzeitig klagte sie über mysteriöse Schmerzen, obwohl ihr Appetit bestens war. Sie nutzte jede Gelegenheit, um aus dem Klassenzimmer zu entfliehen und ging stattdessen in den Pausenraum, wo sie dann ganz vertieft in ihr Comic-Buch starrte. Doch es gab noch besorgniserregendere Gerüchte über sie. Eines Tages, als Emilia fröhlich ins Klassenzimmer schlenderte, kokett mit ihren Haaren spielte und auf einem Kaugummi kaute, zog sie Lena beiseite.

„Emilia", sagte sie, „ich muss dir etwas Wichtiges sagen. Heute Morgen habe ich gesehen, wie du am Zaun standest, der unsere Schule von der Schule Altenheim trennt. Einer von Herrn Bergers Leuten stand auf der anderen Seite des Zauns. Und – ich war zwar ziemlich weit weg, doch ich bin mir fast sicher, es gesehen zu haben – er sprach mit dir, und du hast sogar gelächelt. Was hat das zu bedeuten, Emilia?"

„Das stimmt nicht! Das ist nicht wahr!" rief Emilia, wütend ihre Haare zurückwerfend und mit dem Fuß aufstampfend. „Emilia, sieh mir ins Gesicht. Gibst du mir dein Wort darauf, dass der Mann nicht mit dir gesprochen hat?" „Das ist nicht wahr!", wiederholte Emilia, doch sie konnte Lena nicht in die Augen sehen, und im nächsten Augenblick rannte sie davon und verschwand im Schulgebäude.

Lena hatte einen Verdacht. Ohne den anderen etwas zu sagen, ging sie zu Emilias Schließfach und durchsuchte es. Versteckt hinter Büchern und Heften fand sie eine kleine Tüte mit Süßigkeiten und mehrere bunte Armbänder.

Drei Tage später verschwand Emilia aus der Schule. Einige Wochen lang wusste niemand, wo sie war, dann berichteten einige Schüler, sie hätten sie in der Stadt gesehen. Sie saß in einem schicken Café, umgeben von einigen älteren Schülern der Schule Altenheim. Ein großzügiger Mann, der wie ein Geschäftsmann aussah, schenkte ihr Aufmerksamkeit und gab ihr Süßigkeiten. Sie trug neue, modische Kleidung, Schmuck und ein auffälliges Haarband. Sie schien glücklich zu sein, so sagten die Schüler. Keiner der Schüler erwähnte je wieder Emilias Namen.

Der Januar brachte bitterkalte Tage an die Freie Mädchen-Internatsschule. Der Boden war fest gefroren, und draußen konnte kaum etwas unternommen werden. Es wurden zahlreiche Versammlungen in der Aula abgehalten, und die älteren Schüler, angeführt von Niklas und Martin, stellten den Lehrplan für das kommende Halbjahr auf. Es war von allen akzeptiert, dass den älteren Schülern, die offensichtlich erfahrener waren als die jüngeren, die Entscheidung in allen schulpolitischen Fragen zustand, obwohl diese durch eine Mehrheitsabstimmung ratifiziert werden mussten. Diese Regelung hätte gut funktionieren können, wären da nicht die ständigen Auseinandersetzungen zwischen

Niklas und Martin gewesen. Die beiden waren in fast jeder Hinsicht uneins. Schlug einer vor, mehr Kunstunterricht anzubieten, bestand der andere darauf, den Fokus auf Naturwissenschaften zu legen. Und wenn einer sagte, dass der Schulhof ideal für ein Gemüsebeet sei, erklärte der andere, dass dort besser ein Sportplatz entstehen sollte – ganz zu schweigen von all den ewigen Diskussionen über Geschlechtervielfalt und Identität, bei denen die beiden nie einer Meinung waren. Es entstand der Eindruck, dass Niklas eine besondere Bevorzugung der Mädchen an der Schule anstrebte, was von einem Teil der Schülerinnen unterstützt wurde. Martin hingegen setzte sich für eine ausgewogenere Perspektive ein, die alle Schüler gleichberechtigt berücksichtigte. Diese anhaltenden Diskussionen wurden noch durch Gerüchte über die geheimnisvolle, vermögende Frau Schwarz mit der tiefen Stimme befeuert, von der man munkelte, sie hätte einen gewissen Einfluss auf Niklas' Ansichten und Entscheidungen. Jeder hatte seine eigene Anhängerschaft, und es kam zu mehreren hitzigen Debatten.

Bei den Versammlungen gewann Martin oft durch seine überzeugenden Reden die Mehrheit, doch Niklas war geschickter darin, im Hintergrund Unterstützung zu mobilisieren. Besonders erfolgreich war er bei den jüngeren Schülern. Diese hatten es sich neuerdings angewöhnt, zu jeder passenden und unpassenden Gelegenheit ,Kinder gut, Lehrer schlecht' zu rufen, was oft die Versammlungen unterbrach. Auffällig war, dass sie gerade bei entscheidenden Teilen von Martins Reden ihr ,Kinder gut, Lehrer schlecht' anstimmten.

Martin hatte, zum Teil gemeinsam mit Niklas, mittlerweile viele Lehrbücher und Zeitschriften zur Pädagogik und Schulverwaltung studiert und war voller Ideen für Innovationen und Verbesserungen. Er sprach begeistert über neue Lernmethoden, Projektunterricht und demokratische Schülerbeteiligung und hatte einen komplexen Plan entworfen, nach dem jeder Schüler Verantwortung für einen eigenen Bereich der Schule übernehmen sollte, um die Effizienz zu steigern. Niklas hingegen legte keine eigenen Pläne vor, sondern äußerte ruhig, dass Martins Vorschläge nicht funktionieren würden, und schien den richtigen Moment abzuwarten.

Doch keine ihrer Meinungsverschiedenheiten erreichte die Heftigkeit des Streits über die Errichtung eines großen Öko-Gartens. Dieser Garten sollte nicht nur ein Symbol für Selbstversorgung und Nachhaltigkeit sein, sondern auch ein zentraler Bestandteil des Unterrichts, in dem die Schüler die Verbindung zwischen Natur, Wissenschaft und gesunder Ernährung praktisch erfahren konnten.

Nahe den Schulgebäuden, auf einem weitläufigen Grünstreifen, gab es eine kleine Anhöhe in der Nähe des Schulhügels, der den höchsten Punkt des Schulgeländes darstellte. Nach sorgfältiger Überlegung erklärte Martin, dass dies der perfekte Ort für die Errichtung des geplanten Öko-Gartens sei. Der Garten sollte nicht nur als Lehrmittel dienen, sondern auch zur Selbstversorgung der Schule mit frischem Gemüse beitragen. Die

Schüler waren fasziniert von dieser Idee, da die Schule bisher eher traditionell und mit wenig Fokus auf praktische Umweltbildung geführt wurde. Sie lauschten gebannt, während Martin von automatisierten Bewässerungssystemen und innovativen Anbaumethoden sprach, die ihnen die Gartenarbeit erleichtern und mehr Zeit für Studium und Diskussionen ermöglichen würden.

Innerhalb weniger Wochen waren Martins Pläne für den Garten fertiggestellt. Die technischen Details basierten größtenteils auf Informationen aus diversen Büchern zur nachhaltigen Landwirtschaft und Biologie, die er in der Schulbibliothek gefunden hatte. Als Arbeitsplatz nutzte Martin einen leerstehenden Raum, der früher als Lager gedient und einen glatten Boden hatte, und somit ideal für Zeichnungen war. Dort verbrachte er manchmal Stunden, Tage und Nächte, vertieft in seine Entwürfe, umgeben von aufgeschlagenen Büchern, bewaffnet mit Stiften und Kreide, um seine Visionen zu Papier zu bringen. Die Pläne wurden immer komplexer und beeindruckten die anderen Schüler, die täglich vorbeikamen, um die Fortschritte zu begutachten. Selbst die jüngsten Schüler besuchten ihn und achteten darauf, nicht die sorgfältig gezogenen Linien zu verwischen.

Niklas jedoch hielt sich von Anfang an von dem Gartenprojekt fern. Er hatte Bedenken, dass es die Schüler von wichtigeren akademischen Aufgaben ablenken würde. Eines Tages jedoch erschien er unerwartet, um sich Martins Pläne anzuschauen.

Langsam und gründlich inspizierte er jedes Detail der Zeichnungen und betrachtete sie skeptisch aus der Ferne, bevor er sich umdrehte und ohne ein Wort den Raum verließ, während er eine deutliche Spur seiner Skepsis hinterließ.

Die gesamte Schülerschaft der Freien Mädchen-Internatsschule war wegen des Öko-Gartens tief gespalten. Martin betonte, dass die Errichtung des Gartens zwar mit Herausforderungen verbunden wäre, aber langfristig große Vorteile bringen würde. Beete mussten angelegt, Bewässerungssysteme eingerichtet, Gewächshäuser gebaut und Lernmaterialien für den Unterricht bereitgestellt werden. Martin erklärte, dass der Garten nicht nur zur Selbstversorgung der Schule mit frischen und gesunden Lebensmitteln beitragen, sondern auch den Schülern wertvolle praktische Fähigkeiten vermitteln würde. Durch die eigene Nahrungsproduktion könnten Lebensmittelkosten gesenkt und die Arbeitsbelastung der Schüler insgesamt reduziert werden. Martin blieb dabei, dass mit effektiver Planung und Umsetzung alles innerhalb eines Jahres fertig werden könne. Danach, so erklärte er, würde der Garten nicht nur eine Quelle frischer Nahrung sein, sondern den Schülern auch ermöglichen, weniger Zeit mit körperlich arbeitsintensiven Aktivitäten oder der Beschaffung von Lebensmitteln verbringen zu müssen, wodurch sie mehr Zeit für ihr Studium und persönliche Entwicklung hätten.

Niklas hingegen argumentierte, dass die dringendste Aufgabe darin bestehe, den akademischen Standard zu erhöhen und sich intensiv mit modernen Themen wie Geschlechtervielfalt und Geschlechteridentität auseinanderzusetzen. Er sah in der Fokussierung auf diese Themen eine Möglichkeit, die Schüler auf eine vielfältige und sich ständig verändernde Welt vorzubereiten. Die Schüler bildeten zwei Lager mit den Slogans: „Wählt Martin und den Öko-Garten für eine selbstbestimmte und nachhaltige Schule" und „Wählt Niklas und den akademischen Erfolg für eine zukunftsorientierte Bildung, die Geschlechtervielfalt und Identität einschließt".

Ben, der kritische und distanzierte Schüler, schloss sich keiner der beiden Gruppen an. Er glaubte weder daran, dass der Garten das Schulleben wesentlich verbessern, noch dass die ausschließliche Konzentration auf akademische Inhalte und Geschlechterthemen von Vorteil wäre. „Garten oder kein Garten, Geschlechtervielfalt oder nicht, das Leben wird weitergehen wie bisher – unverändert und herausfordernd", sagte er.

Neben den Diskussionen über den Garten gab es auch die Frage der Verteidigung der Schulautonomie. Man war sich bewusst, dass die Lehrer und Schulleiter, obwohl sie in der Schlacht um das Schulgebäude besiegt worden waren, einen erneuten und entschlosseneren Versuch zur Rückeroberung der Schule und Wiedereinsetzung von Dr. Meier unternehmen könnten. Martin vertrat die Ansicht, dass die Schüler sich auf kreative, friedliche Proteste konzentrieren und die Solidarität unter den Schulen fördern sollten. Niklas hingegen glaubte, dass die Schüler sich auf mögliche Konfrontationen vorbereiten und Strategien für den

Umgang mit den Lehrern entwickeln sollten. Die Schüler lauschten mal Martin, mal Niklas und waren unsicher, wessen Ansatz der bessere war. In der Regel stimmten sie dem zu, der gerade das Wort führte.

Schließlich kam der Tag, an dem Martins detaillierte Pläne für den Öko-Garten fertiggestellt wurden. Beim nächsten Treffen an einem Sonntag sollte über die Frage abgestimmt werden, ob mit der Arbeit am Garten begonnen werden sollte. Als sich die Schüler in der Aula versammelten, stand Martin auf und erläuterte trotz einiger Unterbrechungen durch die unruhigen jüngeren Schüler die Vorteile des Gartenprojekts. Anschließend trat Niklas ans Rednerpult. Er sprach ganz ruhig und erklärte, dass der Garten eine unnötige Ablenkung sei und riet den Schülern, dagegen zu stimmen. Er sprach nur kurz und schien sich wenig um die Wirkung seiner Worte zu kümmern.

Dann sprang Martin wieder auf und überwand mit seiner Leidenschaft das Gemurmel und Gerede (‚Kinder gut, Lehrer schlecht'), das wieder einsetzte. Bis zu diesem Moment waren die Meinungen der Schüler ziemlich geteilt gewesen, doch nun riss Martins Eloquenz sie mit sich. Mit glühender Begeisterung malte er das Bild einer Schule, die von der Last des eingeschränkten Lernens befreit war. Seine Vision ging nun weit über die bloße Selbstversorgung mit Nahrungsmitteln hinaus. Er sprach von einer Schule, die nicht nur in Sachen Ernährung autonom wäre, sondern auch ein Zentrum des Lernens, der Kreativität und des Umweltbewusstseins darstellen könne.

Als die Stimmung im Raum sich gerade zu Gunsten von Martins Plänen zu neigen begann, stand Niklas abrupt auf. Mit einem kalkulierten Seitenblick auf Martin gab er ein schrilles, ungewöhnliches Pfeifen von sich. Auf dieses Signal hin brach von außen ein ohrenbetäubendes Getöse herein, und eine Schar von Niklas' jüngsten Schergen, ehemalige Erstklässler, stürmte in den Raum, angeführt von einigen der älteren Schüler, die sich Niklas' Ideologien verschrieben hatten.

Die jüngeren Schüler, deren Augen mit einer Mischung aus Bewunderung und Furcht auf Niklas ruhten, gingen direkt auf Martin los. Sie waren klein, aber zahlreich und bewegten sich mit einer Entschlossenheit, die nur gezielte, stetige Indoktrination hervorrufen konnte. Martin, von der plötzlichen Wendung überrascht, sprang zur Seite, um den wütenden Anschuldigungen und der drohenden Menge zu entkommen.

Im nächsten Augenblick hatte Martin den Raum verlassen, dicht gefolgt von der Gruppe der jüngeren und älteren Schüler. Die anderen Schüler drängten sich zum Ausgang, um zu sehen, was geschah. Martin rannte über den Schulhof, gefolgt von der wachsenden Schar seiner jungen Verfolger. Ihr jugendlicher Eifer und ihre Anzahl machten sie zu einer beeindruckenden Macht.

Plötzlich stolperte Martin, und es schien, als hätte ihn die Gruppe eingeholt. Aber dann stand er wieder auf und setzte seine Flucht mit noch größerer Geschwindigkeit fort. Erneut holte ihn die Gruppe ein, aber ein letzter Kraftakt ermöglichte es ihm, durch eine kleine Lücke im Schulzaun zu schlüpfen und von den Blicken der anderen geschützt zu sein.

Nach diesem Vorfall herrschte große Verwirrung und Bestürzung unter den Schülern. Die plötzliche und aggressive Wendung der Ereignisse, angeführt von der jungen, indoktrinierten Gruppe, die Niklas hinter sich versammelt hatte, hinterließ eine spürbare Spannung und ein neues Verständnis der Machtverhältnisse an der Schule.

Verstummt und sichtlich schockiert, kehrten die Schüler in die Aula zurück. Kurz darauf kamen auch Niklas' Schergen, die ehemaligen Erstklässler und ein paar ältere Schüler, zurückgesprungen. Zuerst konnte sich niemand vorstellen, woher diese energiegeladenen, jungen Kinder so plötzlich kamen, doch bald wurde klar, dass es sich um die gleichen Kinder handelte, die Niklas zu Beginn der Rebellion aus der Schule genommen und heimlich indoktriniert hatte, seine Pioniere der Schule. Obwohl sie noch jung waren, hatte ihre Zahl und Entschlossenheit sie zu einer beeindruckenden Macht gemacht, und sie standen Niklas treu zur Seite. Es fiel auf, dass sie Niklas mit der gleichen Bewunderung und Loyalität ansahen, die früher den Lehrern galt.

Niklas bestieg daraufhin das Podium im mittleren Teil der Aula, genau jener Ort, von dem aus Annina einst ihre visionäre Rede gehalten hatte. Er verkündete, dass es von nun an keine öffentlichen Schulversammlungen mehr geben würde. Solche Versammlungen seien unnötig und eine Verschwendung wertvoller Zeit, sagte er. Zukünftig würden alle Entscheidungen, die die Schule betreffen, von einem Sonderkomitee aus älteren

Schülern, unter seiner persönlichen Leitung, getroffen. Diese Gruppe würde ihre Sitzungen im Geheimen abhalten und ihre Entscheidungen anschließend den anderen mitteilen. Die Schüler würden sich weiterhin jeden Sonntagmorgen versammeln, um die Schulflagge zu hissen, das Lied ‚Kinder unserer Schule' zu singen und ihre wöchentlichen Anweisungen zu erhalten, aber offene Diskussionen und Debatten wären nicht mehr erlaubt.

Trotz des Schocks, den Martins Flucht ausgelöst hatte, waren viele Schüler über diese Ankündigung bestürzt. Einige hätten protestiert, wenn sie die Worte dafür gefunden hätten. Selbst Max, der immer Niklas unterstützt hatte, schien beunruhigt. Er kratzte sich nachdenklich am Kopf und versuchte, seine Gedanken zu ordnen, aber letztendlich fiel ihm nichts zu sagen ein. Unter den älteren Schülern, die Martin unterstützten, gab es jedoch einige, die ihre Missbilligung deutlicher zum Ausdruck brachten. Vier Schüler in der ersten Reihe äußerten lautstark ihren Unmut und sprangen auf, um gleichzeitig zu sprechen und ihre Meinung kundzutun.

Die jüngeren Schüler, die von den Pionieren der Schule angeführt wurden, erhoben sich plötzlich und begannen einen lautstarken Sprechchor: „Kinder gut, Lehrer schlecht!" Ihre Stimmen hallten durch den Raum und ihre Rufe dauerten fast fünfzehn Minuten an, was jegliche Diskussion unmöglich machte. Nach dieser eindrucksvollen Demonstration wurde Paul durch die Schule geschickt, um den anderen die neuen Regelungen zu erklären.

„Genossinnen", begann Paul, „ich hoffe, ihr erkennt das Opfer, das Genossin Niklas auf sich nimmt, indem sie diese zusätzliche Arbeit übernimmt. Führung ist keine leichte Aufgabe, sondern eine schwere Bürde. Niemand glaubt fester als Genossin Niklas an unsere Gleichheit. Sie würde euch gerne eure eigenen Entscheidungen treffen lassen. Aber manchmal könntet ihr die falschen Entscheidungen treffen, und das dürfen wir nicht riskieren. Stellt euch vor, ihr hättet euch für Martins inklusives Schulsystem entschieden! Martin, der uns letztlich im Stich gelassen hat!"

„Martin hat in der Schlacht um das Schulgebäude mutig gekämpft", sagte eine Schülerin.

„Mut allein reicht nicht", antwortete Paul. „Loyalität und Gehorsam sind entscheidend. Und was die Schlacht betrifft, so könnte es sein, dass Martins Rolle darin übertrieben wurde. Disziplin, Genossinnen, eiserne Disziplin! Das ist das Gebot der Stunde. Ein falscher Schritt, und unsere Feinde würden triumphieren. Genossinnen, ihr wollt sicher nicht die alten Zeiten zurück, oder?"

Wieder war dieses Argument unschlagbar. Die Schüler wollten keinesfalls zur alten Ordnung zurückkehren. Wenn das bedeutete, dass die Debatten am Wochenende aufhören mussten, dann sollte es so sein.

Max, der die ganze Zeit über nachgedacht hatte, verlieh dem allgemeinen Gefühl Ausdruck: „Wenn Genossin Niklas es sagt, dann muss es richtig sein." Diese Aussage wurde schnell von den anderen Schülern aufgegriffen. Max verinnerlichte für sich selbst die Maxime „Niklas hat immer recht", die eine Ergänzung zu seinem persönlichen Motto „Ich werde noch härter arbeiten" wurde. Er stand symbolisch für die Entschlossenheit und Treue vieler Schüler, die sich trotz Bedenken und Zweifeln der neuen Ordnung unter Niklas' Führung unterwarfen.

Mittlerweile hatte sich das Wetter geändert, und das Frühjahrsprogramm der Schule war in vollem Gange. Der Raum, in dem Martin seine Pläne für das Öko-Gartenprojekt entworfen hatte, war verschlossen worden, und es wurde angenommen, dass die Pläne beseitigt worden waren. Jeden Montagmorgen versammelten sich die Schüler in der Aula, um Anweisungen für die kommende Woche zu erhalten. Das Bild von Annina, der Mutter der Rebellion, war aus dem Archiv geholt, und, befestigt in einem beeindruckenden Holzrahmen, neben der alten Schulglocke am Eingang der Aula postiert worden. Nach dem Läuten der Glocke waren die Schüler angehalten, in ehrfurchtsvoller Weise an dem Bild vorbeizugehen, bevor sie die Aula betraten. Die Sitzordnung hatte sich auch verändert. Niklas saß zusammen mit Paul und einem anderen Schüler namens Leon, der ein bemerkenswertes Talent zum Schreiben von Gedichten und Liedern hatte, auf der Bühne. Die Gruppe der älteren Schüler, die Niklas' Lehren unterstützten, bildete einen Halbkreis um sie herum, und dahinter saßen die anderen Schüler der höheren Klassen. Die jüngeren Schüler unter der Leitung der Pioniere der Schule saßen ihnen gegenüber. Niklas gab die Weisungen für die kommende Woche in einem strengen Ton bekannt, und nach

einem einmaligen Singen der Schulhymne ‚Kinder unserer Schule'
zerstreuten sich alle Schüler.

Am dritten Montag nach Martins Vertreibung verkündete Niklas
überraschend, dass das Öko-Gartenprojekt nun doch umgesetzt
werden sollte. Er nannte keine Gründe für seinen Sinneswandel,
sondern warnte die Schüler eindringlich, dass diese Sonderaufgabe
sehr viel Einsatz und Arbeit bedeuten würde; es könnte sogar
nötig werden, die Freizeitaktivitäten zu reduzieren. Die Pläne
dafür seien bereits bis ins letzte Detail ausgearbeitet. Ein Komitee
bestehend aus älteren Schülern habe die vergangenen Wochen
intensiv daran gearbeitet. Die Einführung des neuen
Schulsystems, zusammen mit verschiedenen anderen
Verbesserungen, werde voraussichtlich zwei Jahre in Anspruch
nehmen.

An jenem Abend erklärte Paul den anderen Schülern vertraulich,
dass Niklas in Wirklichkeit niemals gegen das Öko-Gartenprojekt
gewesen wäre. Tatsächlich sei er es gewesen, der es von Anfang
an unterstützt habe, und der Plan, den Martin auf dem Papier in
der Bibliothek skizziert hatte, sei in Wirklichkeit eine Idee von
Niklas gewesen. Das Gartenprojekt sei eigentlich Niklas' eigene
Kreation. Warum, fragte jemand, habe er sich dann so stark
dagegen ausgesprochen? Paul lächelte verschmitzt. Dies, sagte er,
sei die Klugheit von Niklas gewesen. Er habe sich dem
Gartenprojekt nur scheinbar widersetzt, ein cleveres Manöver, um
Martin loszuwerden, der ein gefährlicher Charakter und schlechter
Einfluss gewesen sei. Jetzt, da Martin entfernt worden sei, könne

der Plan ohne seine Störung fortgesetzt werden. Dies, sagte Paul, sei etwas, das man als ‚Strategie' bezeichnet. Er wiederholte das Wort ‚Strategie' mehrmals, hüpfte dabei umher und wackelte fröhlich lachend mit dem Kopf. Vor allem die jüngeren Schüler waren sich nicht sicher, was das Wort genau bedeutete, aber Paul sprach so überzeugend, und die Gruppe der älteren Schüler, die ihn begleiteten, nickten so eindringlich, dass sie seine Erklärung ohne weitere Fragen akzeptierten.

KAPITEL 6: STURM DER VERÄNDERUNG

Während des gesamten Jahres arbeiteten die Schüler mit außergewöhnlichem Eifer und Enthusiasmus. Trotz der harten Arbeit und der langen Stunden fühlten sie sich von einem Gefühl der Eigenverantwortung und des Stolzes auf ihre Leistungen angetrieben. Alles, was sie taten, taten sie für sich selbst und für die zukünftigen Generationen ihrer Schule, nicht für die Interessen irgendwelcher autoritärer Lehrer.

Vom Frühling bis in den Sommer hinein arbeiteten sie fast täglich, um das Schulgelände und die Klassenräume zu pflegen, den Garten anzulegen und die ursprünglich von Martin geplanten Projekte umzusetzen. Im August kündigte Niklas an, dass nun auch am Sonntagnachmittag gearbeitet werden sollte. Diese Arbeit war freiwillig, aber jedem Schüler, der nicht teilnahm, wurden die Rationen an Pausensnacks und Privilegien halbiert. Trotzdem blieben manche Aufgaben unerledigt. Die Ernte im Schulgarten war nicht so ergiebig wie im Vorjahr, und einige Bereiche, die für neue pädagogische Projekte vorgesehen waren, blieben ungenutzt, da die Vorbereitungen länger dauerten als geplant. Man ahnte bereits, dass der kommende Winter eine Herausforderung werden würde.

Das Gartenprojekt, nun unter Niklas' Leitung, stellte unerwartete

Hürden dar. Zwar waren alle Materialien wie Erde, Samen und Werkzeuge verfügbar, aber die eigentliche Herausforderung bestand darin, die jüngeren Schüler effektiv in die Gartenarbeit einzubeziehen. Anfangs wussten sie nicht, wie man die Werkzeuge richtig handhabt oder die Pflanzen pflegt. Nach Wochen erfolgloser Versuche kam die Idee auf, die natürliche Neugier und Spielfreude der Kinder zu nutzen. Die Schüler lernten, mit dem Boden zu arbeiten, indem sie spielerisch die Erde lockerten und Pflanzen setzten. Die älteren Schüler übernahmen die schwierigeren Aufgaben wie das Anlegen von Bewässerungssystemen, Planung und Gestaltung.

Bis zum Spätsommer hatten die Schüler ausreichend Fortschritte gemacht und einen beachtlichen Vorrat an Gemüse und Kräutern im Garten angehäuft. Dann begannen sie unter Niklas' Aufsicht mit der Umsetzung weiterer Projekte, die auf Martins ursprünglichen Plänen basierten. Sie bauten kleine Gewächshäuser, installierten ein einfaches Bewässerungssystem und schufen Bereiche für verschiedene Pflanzenarten.

Die Arbeit im Garten wurde zu einem integralen Bestandteil des Schulalltags und brachte den Schülern nicht nur nachhaltige Landwirtschaft und Ökologie bei, sondern lehrte sie auch über Teamarbeit, Verantwortung und die Freude am gemeinsamen Erreichen von Zielen.

Während des gesamten Jahres war der Fortschritt im Garten und bei anderen Schulprojekten ein langsamer und mühsamer Prozess. Oft brauchten die Schüler einen ganzen Tag, um eine Aufgabe zu bewältigen, und manchmal erreichten sie trotz großer Anstrengung nicht das gewünschte Ergebnis. Ohne Max wäre vieles unmöglich gewesen. Seine Kraft schien die aller anderen Schüler zu übertreffen. Wenn eine körperlich schwere Aufgabe drohte zu scheitern und alle verzweifelt aufschrien, war es Max, der mit letzter Anstrengung die Situation rettete. Ihn bei seiner mühevollen Arbeit zu beobachten, wie er sich atemlos und schweißgebadet abmühte, beeindruckte jeden.

Max hielt unbeirrt an seinen Leitsätzen „Ich werde noch härter arbeiten" und „Niklas hat immer recht" fest. Trotz Warnungen von Lena, sich nicht zu überanstrengen, hörte er nicht auf sie. Er hatte sich sogar mit einigen jüngeren Schülern arrangiert, dass sie ihn nun früher weckten, um noch vor dem offiziellen Schulbeginn zu arbeiten. In seinen wenigen freien Momenten arbeitete er oft alleine im Garten oder an anderen Projekten, um das Vorankommen der Schule zu unterstützen.

Trotz der harten Arbeit ging es den Schülern im Sommer nicht schlecht. Auch wenn sie nicht mehr Freizeit hatten als zuvor, so hatten sie doch zumindest auch nicht weniger. Der Vorteil, nur für sich selbst arbeiten zu müssen, war enorm. Sie fanden effizientere Methoden, um an Aufgaben heranzugehen, die Arbeit sparten. Die Schüler hatten nun keinen Grund, etwas zu stehlen, und sparten sich so viele Wartungsarbeiten.

Jedoch zeigten sich mit dem Fortschreiten des Sommers verschiedene Engpässe. Es fehlten Materialien wie Werkzeuge, Samen, Dünger und Ausrüstung für weitere Projekte. Wie all dies beschafft werden sollte, war zunächst unklar. Eines Morgens gab Niklas bekannt, dass die Schule Handelsbeziehungen zu lokalen Lieferanten und anderen Schulen aufnehmen würde, um die benötigten Materialien zu beschaffen, natürlich nicht aus kommerziellen Bestrebungen heraus, sondern schlicht, um bestimmte Materialien zu beschaffen, die benötigt wurden. Er plante, einige der Schulprojekte, wie den Verkauf von Gartenprodukten oder Kunsthandwerk, zu nutzen, um die notwendigen Mittel zu erwirtschaften.

Die Schüler sollten dies als ihren Beitrag zum Wohl der Schule ansehen und mit Stolz und Engagement weiterarbeiten.

Ein leichtes Unbehagen breitete sich unter den Schülern aus. Hatte man nicht zu Beginn der Schulrevolution beschlossen, niemals Geschäfte mit Erwachsenen, speziell Lehrern zu machen, niemals Geld zu nutzen, da Materielles unwichtig sei? Alle Schüler erinnerten sich daran, solche Grundsätze festgelegt zu haben, oder sie glaubten zumindest, sich daran zu erinnern. Die vier älteren Schüler, die zuvor protestiert hatten, als Niklas die öffentlichen Schulversammlungen abgeschafft hatte, erhoben ihre Stimmen in schwacher Opposition, wurden aber schnell durch das einschüchternde Auftreten von Niklas' Schergen zum Schweigen gebracht. Dann riefen die jüngeren Schüler, angeführt von den Pionieren der Schule, ihren Slogan ‚Kinder gut, Lehrer schlecht!', und jegliches Unbehagen wurde übertönt.

Niklas beruhigte die Schüler schließlich, indem er erklärte, dass er bereits alle Vorkehrungen getroffen hatte. Kein Schüler müsste direkt mit Erwachsenen interagieren, was eindeutig unerwünscht sei. Er plane, diese Aufgabe selbst zu übernehmen. Ein gewisser Herr Schmidt, ein lokaler Geschäftsmann, habe zugestimmt, als Vermittler zwischen der Schule und der Außenwelt zu fungieren. Er würde jeden Montagmorgen kommen, um Anweisungen zu erhalten. Niklas beendete seine Rede mit dem üblichen Ruf „Lang lebe die Freie Mädchen-Internatsschule!" und nach dem Singen des Liedes ‚Kinder unserer Schule' wurden die Schüler entlassen. Anschließend ging Paul durch die Schule, um die Gemüter zu beruhigen. Er versicherte den Schülern, dass die Grundsätze gegen Handel mit Erwachsenen und Geldgebrauch nie spezifisch festgelegt oder sogar vorgeschlagen worden waren. Es sei alles Einbildung, möglicherweise auf Gerüchten basierend, die Martin verbreitet hatte. Einige Schüler hatten noch Zweifel, aber Paul stellte ihnen geschickt eine Frage: „Seid ihr sicher, dass ihr das nicht nur geträumt habt? Habt ihr Beweise für solch eine Regel? Steht sie irgendwo geschrieben?" Da tatsächlich nichts dergleichen schriftlich festgehalten war, waren die Schüler überzeugt, dass sie sich geirrt hatten.

Jeden Montag besuchte Herr Schmidt wie abgemacht die Schule. Er war ein intelligenter, kleiner Mann mit gepflegtem Bart und findiger Geschäftsmann, der schnell erkannt hatte, dass die Freie Mädchen-Internatsschule einen Vermittler benötigte und sich daraus ein lukrativer Nebenverdienst ergeben könnte. Die Schüler verfolgten seine Besuche mit einer Mischung aus Angst und Misstrauen und mieden ihn so gut es ging. Trotzdem empfanden sie einen gewissen Stolz, als sie sahen, wie Niklas, der Teenager, Herrn Schmidt, dem Erwachsenen, Anweisungen gab. Dies versöhnte sie teilweise mit der neuen Situation. Ihre Beziehung zur Außenwelt hatte sich verändert. Die Lehrerschaft und Schulleiter der umliegenden Schulen verachteten die Freie Mädchen-Internatsschule mehr denn je, besonders da sie erfolgreich war. Sie versammelten sich in den Cafés und argumentierten mit Diagrammen und Theorien, dass die Projekte der Schüler zum Scheitern verurteilt seien. Dennoch entwickelten sie widerwillig einen gewissen Respekt für die Art und Weise, wie die Schüler ihre Angelegenheiten selbstständig regelten. Ein Zeichen dafür war, dass sie begannen, die Schule bei ihrem richtigen Namen zu nennen und nicht mehr so taten, als ob sie noch immer die alte ‚Jungen-Internatsschule‘ wäre. Die Unterstützung für die vertriebenen Lehrer schwand, da diese die Hoffnung aufgegeben hatten, die Schule zurückzugewinnen und in andere Städte gezogen waren.

Abgesehen von Herrn Schmidt und der ominösen Frau Schwarz mit der tiefen Stimme gab es bisher keinen Kontakt zwischen der Schule und der Außenwelt, doch es gab ständige Gerüchte, dass Niklas entweder mit Herrn Berger von der Nachbarschule Altenheim oder aber mit Herrn Raffensberger von der Konkurrenzschule Rissenburg ein Geschäftsabkommen abschließen würde – aber niemals mit beiden gleichzeitig. Etwa zu dieser Zeit zogen Niklas und seine Gefolgsleute plötzlich in das Lehrerwohnhaus um und benutzten sofort das dortige

Lehrerzimmer als Hauptquartier. Erneut glaubten sich die Schüler daran zu erinnern, dass sie am Anfang dagegen waren, und erneut überzeugte Paul sie, dass das nicht stimmte. Es sei absolut notwendig, sagte er, dass talentierte ältere Schüler, die das Gehirn der Schule seien, einen ruhigen Arbeitsplatz hätten. Es stehe auch der Würde der Führerin besser an (denn in letzter Zeit hatte man begonnen, Niklas als ‚Führerin' zu bezeichnen), in einem entsprechenden Haus statt in einem einfachen Schülerzimmer zu wohnen.

Einige Schüler waren jedoch verwirrt, als sie hörten, dass gewisse ältere Schüler nicht nur ihre Mahlzeiten im Lehreresszimmer einnahmen und das Lehrerzimmer als Freizeit- und Planungsraum nutzten, sondern auch in den Lehrerbetten schliefen. Max akzeptierte dies wie üblich mit seinem „Niklas hat immer recht", doch Lena, die sich an ein Verbot gegen das Leben wie Erwachsene erinnerte, ging zum Ende des Hauptgebäudes, um sich die Regeln nochmal anzuschauen. Als sie merkte, dass sie die Buchstaben nur teilweise entziffern konnte, holte sie Mia zur Hilfe.

„Mia", sagte sie, „lies mir bitte noch einmal die vierte Regel vor. Stand da nicht etwas davon, dass wir nicht wie Erwachsene leben sollen?" Mia las mit Mühe den ersten Satz: „Hier steht: 'Lebe nicht wie Erwachsene, sofern möglich.'" Lena war ein wenig verwirrt, da sie sich sicher war, dass der ursprüngliche Satz bestimmter und kürzer war.

Paul, der zufällig mit einigen älteren Schülern vorbeikam, ergriff die Gelegenheit, um die Sache zu klären. „Ihr habt also gehört, dass wir, die Älteren, jetzt im Lehrerwohnhaus leben? Warum auch nicht? Ihr habt doch nicht etwa gedacht, dass es eine Regel gegen das Wohnen in einem bestimmten Gebäude gab? Die Regel bezog sich darauf, nicht wie Erwachsene zu leben, sofern das Fortbestehen der Schule nicht gefährdet ist, und das bedeutet, dass wir keinen übertriebenen Luxus oder Erwachsenenkomfort nutzen. Wir haben das Lehrerwohnhaus einfach und funktional eingerichtet. Und es ist bequem! Aber auch nicht bequemer, als es für uns nötig ist, bedenkt all die Planungsarbeit, die wir leisten. Ihr wollt uns doch nicht unserer Ruhe berauben, oder, Genossinnen? Ihr wollt doch nicht, dass wir zu erschöpft sind, um unseren Pflichten nachzukommen? Bestimmt wünscht sich keiner von euch, dass die alten Lehrer zurückkehren." Die Schüler nickten ihm zu, und von da an war es kein Thema mehr, dass bestimmte ältere Schüler im Lehrerwohnhaus wohnten. Als einige Tage später bekannt wurde, dass genau diese Schüler von nun an eine Stunde später aufstehen würden als alle anderen, gab es auch darüber keine Beschwerden.

Im Herbst fühlten sich die Kinder müde, aber trotzdem erfüllt. Sie hatten ein anstrengendes Jahr hinter sich. Nach dem Verkauf einiger Gartenprodukte und Kunsthandwerke waren die Vorräte für den Winter zwar begrenzt, aber ihr Stolz auf das fast fertiggestellte Gartenprojekt war groß. Nach der Ernte kam eine trockene, sonnige Periode. Die Schüler arbeiteten härter denn je, um das Gartenprojekt weiter auszubauen, motiviert durch den

Gedanken, dass ihre harte Arbeit sich in wachsenden Pflanzen und einer reichen Ernte manifestieren würde. Max arbeitete sogar nachts unter dem hellen Herbstmond, um den Garten mit seinen Gewächshäusern und Bewässerungsanlagen weiter zu pflegen und zu entwickeln.

In ihrer Freizeit bewunderten die Kinder die Fortschritte im Garten, die Stärke der Pflanzen und die Vielfalt der Kulturen. Sie waren erstaunt über das, was sie mit ihren eigenen Händen erreicht hatten. Nur der ältere Schüler Ben zeigte wenig Begeisterung für das Gartenprojekt, gab aber wie üblich nur rätselhafte Kommentare ab.

Mit dem November kamen starke Winde. Die Arbeit an den Außengärten musste wegen der Feuchtigkeit eingestellt werden, die das Gärtnern erschwerte. In einer stürmischen Nacht erlitt das Schulgelände Schäden. Die Schüler wachten erschrocken auf, als sie ein lautes Geräusch hörten. Am nächsten Morgen entdeckten sie zu ihrem Entsetzen, dass der Fahnenmast umgeknickt und ein großer Baum im Schulgarten entwurzelt worden war. Doch der größte Schock kam, als sie sahen, dass Teile ihres geliebten Gartenprojekts, das sie so mühsam aufgebaut hatten, zerstört waren. Große Teile des Gartens und zahlreiche Gewächshäuser hatten den Naturgewalten nicht standgehalten.

Geschockt eilten die Schüler zur Unglücksstätte. Niklas, der sonst eher ruhig war, lief voraus. Vor ihnen lag die Zerstörung ihres Gartenprojekts, die Pflanzen und Strukturen, die sie mit so viel Mühe gepflegt hatten, waren zerstört. Die Schüler standen sprachlos und traurig vor den Trümmern. Niklas ging ruhig auf und ab und war sichtlich in Gedanken vertieft. Plötzlich hielt er inne, als hätte er eine Erkenntnis gewonnen.

„Genossinnen", begann er ruhig, „wisst ihr, wer für diese Zerstörung verantwortlich ist? Kennt ihr den Feind, der nachts eingedrungen ist und unser Gartenprojekt zerstört hat? MARTIN!" rief er plötzlich aus. „Martin hat das getan! Aus Bosheit, um uns in unserem Vorhaben zu hindern und um sich für seine Vertreibung zu rächen, hat sich dieser Verräter im Schutze der Nacht eingeschlichen und das Werk von fast einem Jahr zerstört. Freunde, ich erkläre hiermit, dass Martin gefunden und zur Rechenschaft gezogen werden muss!"

Die Schüler waren schockiert zu hören, dass Martin zu einer solchen Tat fähig sein sollte. Ein Aufschrei des Entsetzens ging durch die Menge, und sie begannen, nach Wegen zu suchen, Martin zu finden, falls er je zurückkehren sollte.

Bald darauf entdeckte man in der Nähe des Gartens Fußspuren. Sie führten zu einem Loch im Zaun. Niklas untersuchte sie genau und erklärte, es seien Martins Spuren. Er vermutete, dass Martin wahrscheinlich von einer benachbarten Schule gekommen war.

„Schluss mit dem Rumgeplänkel, Genossinnen!", sagte Niklas, nachdem die Spuren untersucht worden waren. „Es gibt Arbeit. Wir fangen noch heute mit dem Wiederaufbau unseres Gartens an und werden den ganzen Winter über daran arbeiten, egal bei welchem Wetter. Wir werden diesen Verräter lehren, dass er unser Werk nicht so leicht zerstören kann. Vergesst nicht, Genossinnen, unsere Pläne müssen unverändert bleiben und pünktlich umgesetzt werden. Vorwärts, Genossinnen! Lang lebe unser Gartenprojekt! Lang lebe die Freie Mädchen-Internatsschule!"

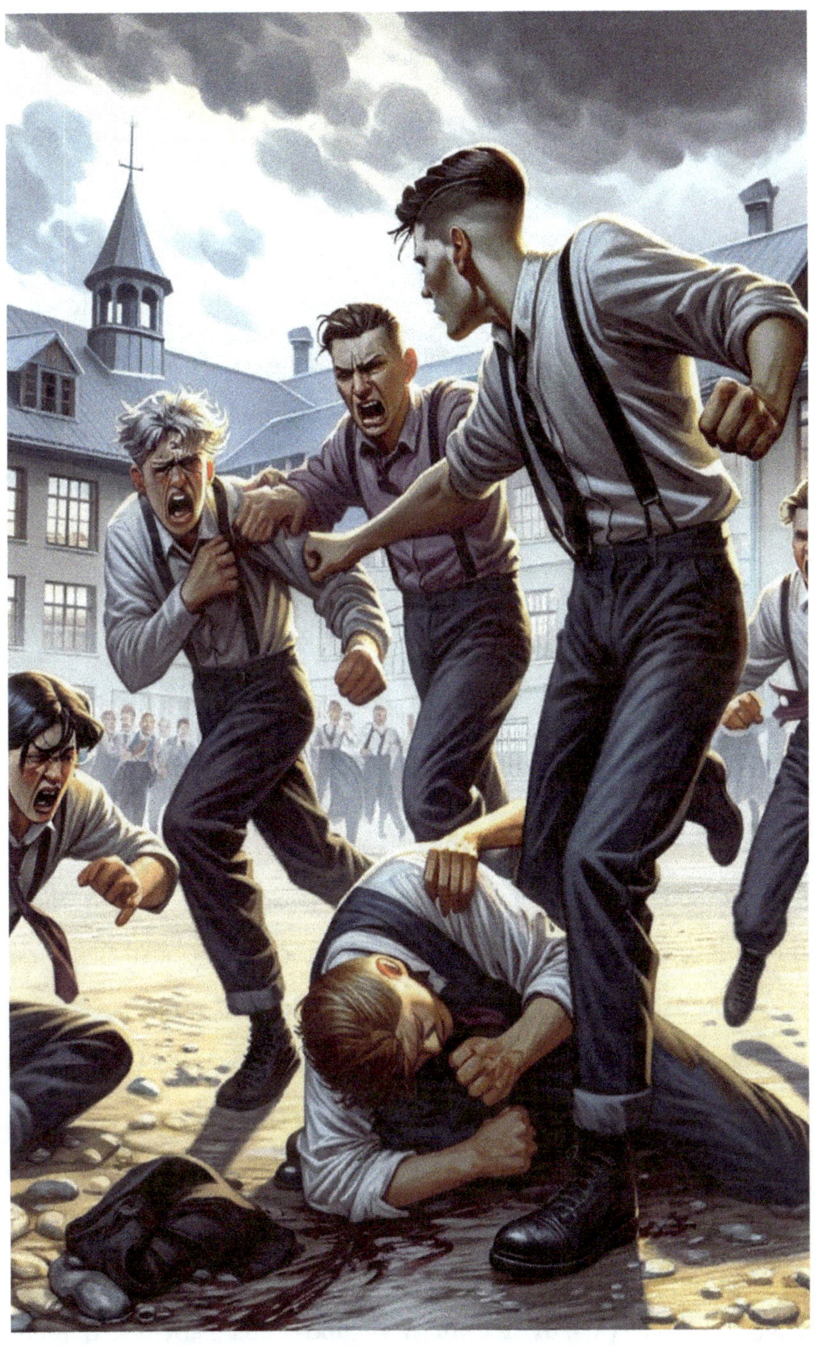

KAPITEL 7: SCHATTEN ÜBER DEM PARADIES

Es war ein strenger Winter. Auf stürmische Tage folgten Graupelschauer und Schneefälle, und dann kam ein beißender Frost, der erst spät im Februar verschwand. Die Schüler arbeiteten mit aller Kraft am Wiederaufbau ihres Öko-Gartens, denn sie wussten, dass die Welt ein Auge auf sie hatte und die neidischen Lehrer und Schulleiter jubeln und triumphieren würden, wenn der Garten nicht rechtzeitig fertiggestellt wäre.

Aus Boshaftigkeit behaupteten diese, es sei nicht Martin gewesen, der den Garten zerstört habe: Sie sagten, er sei verwüstet worden, weil das Projekt nicht ordentlich geplant gewesen wäre. Die Schüler wussten, dass das nicht stimmte. Dennoch hatte man beschlossen, die Anlagen und Strukturen des Gartens, vor allem die Gewächshäuser, diesmal noch robuster und widerstandsfähiger zu gestalten, was bedeutete, dass noch weit größere Mengen an Materialien herangeschafft werden mussten.

Lange Zeit war das Areal unter Schneedecken begraben, und es ließ sich kaum etwas erreichen. Während der folgenden trockenen, frostigen Periode ging es etwas vorwärts, doch die Arbeit war mühsam, und die Schüler waren nicht mehr so zuversichtlich wie zuvor. Nur Max und Lena ließen sich nicht entmutigen. Niklas hielt begeisternde Reden über den Wert des gemeinsamen Engagements und die Ehre der Arbeit, doch mehr Zuspruch erhielten die Schüler durch Max' Stärke und seinen unermüdlichen Einsatz, ganz nach seinem Motto „Ich werde noch härter arbeiten!"

Im Januar wurde das Essen knapp. Die Rationen wurden drastisch reduziert, und man kündigte an, dass dafür eine Extraration an Gemüse ausgegeben werden würde. Dann stellte man fest, dass ein Großteil der Gemüseernte im Garten erfroren war, da die Beete nicht ausreichend abgedeckt worden waren. Das Gemüse war weich und fleckig geworden, und nur wenig davon war noch genießbar. Die Schüler mussten manchmal tagelang von nichts anderem als von einfachen Suppen und ein paar Rüben leben. Sie schienen dem Hunger ausgesetzt zu sein.

Es war entscheidend, diese Tatsache vor der Außenwelt zu verbergen. Durch die Zerstörung des Gartenprojekts verbreiteten die Lehrer und Schulleiter neue Gerüchte über die Freie Mädchen-Internatsschule. Wieder wurde behauptet, die Schüler litten unter Hunger und Krankheiten, es gäbe ständige Streitigkeiten unter ihnen und sie hätten sich sogar schon dem Diebstahl und dem Vandalismus zugewandt. Niklas war sich der gravierenden Folgen bewusst, die es haben könnte, wenn die wahre Situation der Nahrungsversorgung bekannt würde, und beschloss, durch den Geschäftsmann Herrn Schmidt einen gegenteiligen Eindruck zu erwecken. Bis dahin hatten die Schüler bei seinen wöchentlichen Besuchen kaum oder gar keinen Kontakt mit Herrn Schmidt gehabt. Jetzt instruierte man jedoch einige ausgewählte Schüler, vornehmlich aus der älteren Gruppe, in seiner Gegenwart beiläufig fallen zu lassen, dass die Essensrationen erhöht worden seien. Zusätzlich ordnete Niklas an, die fast leeren Vorratsbehälter in der Küche bis zum Rand mit Sägemehl zu füllen, das dann mit den wenigen vorhandenen Lebensmittelresten bedeckt wurde. Unter einem geeigneten Vorwand wurde Herr Schmidt durch die Küche geführt und durfte auch einen kurzen Blick auf die Behälter werfen. Er ließ sich täuschen und berichtete der Außenwelt, dass in der Freien Mädchen-Internatsschule keine Nahrungsknappheit herrsche. Dennoch wurde Ende Januar klar, dass es notwendig sein würde, zusätzliche Nahrungsmittel von außerhalb zu beschaffen. In diesen Tagen zeigte sich Niklas nur selten in der Öffentlichkeit und verbrachte die meiste Zeit im Lehrerwohnhaus, das an allen Türen von Pionieren der Schule bewacht wurde.

Niklas traf sich gelegentlich mit der geheimnisvollen Frau Schwarz, die mit ihrer tiefen Stimme und einem auffallend männlichem Erscheinungsbild unter den Schülern regelmäßig zu Flüstern und Spekulationen führten. Bei diesen seltenen Zusammenkünften brachte Frau Schwarz stets mysteriöse Umschläge mit, die laut Gerüchten mit erheblichen Geldsummen gefüllt waren. Die Schüler, die diese Treffen aus der Distanz beobachteten, tauschten wilde Theorien über den möglichen Zweck und den Inhalt dieser Besuche aus.

Zusätzlich zu Frau Schwarz' rätselhaften Besuchen wurden ab und zu kleinere Lastwagen am Lehrerwohnhaus gesichtet. Sie entluden rasch und unauffällig ihre Ladung, die angeblich aus exquisiten Nahrungsmitteln bestand. Diese Gerüchte verbreiteten sich unter den Schülern, die überzeugt waren, dass gewisse ältere Schüler und Niklas sich heimlich mit luxuriösen Lebensmitteln versorgten. Paul jedoch, der stets bemüht war, die bösen Zungen im Zaum zu halten und die Ordnung zu bewahren, wies diese Vermutungen entschieden zurück. Mit geschickter Rhetorik und Überzeugungskraft tat er die Gerüchte als absurd und haltlos ab. Er betonte, dass die Schule auf dem Prinzip der Selbstversorgung und der Gleichheit aller Schüler basiere, und es daher undenkbar sei, dass einige wenige Zugang zu speziellen Privilegien hätten. Seine Worte schienen die aufkommenden Zweifel vorübergehend zu zerstreuen, doch das Misstrauen und die Neugier unter den Schülern blieben bestehen. Sie fragten sich weiterhin, was wirklich hinter den verschlossenen Türen des Lehrerwohnhauses und in den geheimnisvollen Umschlägen von Frau Schwarz steckte. Die Atmosphäre in der Schule war zunehmend von einem Gefühl der Unsicherheit und des Misstrauens geprägt, während das tägliche Leben weiterging und jeder sich bemühte, sich auf die anstehenden Aufgaben und Projekte zu konzentrieren.

Wenn Niklas das Lehrerwohnhaus ausnahmsweise verließ, geschah dies in zeremonieller Weise, begleitet von einer Eskorte von sechs älteren Schülern, die jeden anfauchten, der ihm zu nahe kam. Oft erschien er nicht einmal sonntagmorgens, sondern ließ seine Anweisungen durch einen anderen älteren Schüler erteilen, meist durch Paul.

An einem Sonntagmorgen verkündete Paul, dass einige Schüler, unabhängig von ihrem Alter, ihre Anstrengungen in der Eigenproduktion von Nahrungsmitteln verstärken müssten. Niklas hatte über seine Kontakte einen Handel arrangiert, bei dem jede Woche eine bestimmte Menge dieser Erzeugnisse abgeliefert werden sollte. Im Gegenzug dafür würde die Schule hochwertige Gartenbauressourcen wie spezielle Erden und Samen erhalten, um die landwirtschaftliche Produktion der Schule weiter zu verbessern und so die Lebensbedingungen bis zum Sommer zu erleichtern. Diese Ankündigung kam zu einem Zeitpunkt, an dem die Nahrungsmittelknappheit das Leben in der Schule bereits erschwert hatte, und stieß daher auf spürbaren Widerstand. Viele Schüler, die bereits mit den Herausforderungen des täglichen Lebens zu kämpfen hatten, sahen sich nun mit der Aussicht auf noch mehr Arbeit und weniger Freizeit konfrontiert. Eine Gruppe von Schülern, die sowohl junge als auch ältere Schüler umfasste, repräsentierte die allgemeine Stimmung an der Schule: Frustration und Unzufriedenheit mit der aktuellen Situation.

Sie zeigten ihren Unmut nicht nur durch nachlassende Leistung, sondern auch durch leise, aber bestimmte Gespräche in den Pausen. Diese Schüler beklagten sich über die knappen Essensrationen, die das Leben bereits schwer genug machten, und die Aussicht auf noch härtere Arbeit verstärkte ihre Besorgnis. Einige äußerten offen ihre Zweifel an Niklas' Führung und fragten sich, ob die ständige Verschärfung der Arbeitslast wirklich der richtige Weg war.

Die Situation eskalierte, als die Ankündigung kam, dass Schüler, die sich den neuen Anforderungen nicht anpassten, strengen Strafen unterworfen würden. Diese Bestrafungen reichten von mehrtägigem Einsperren in einem kleinen Raum bis hin zu minimalen Essensrationen. Überwacht wurden diese Strafen von einigen älteren Schülern, den treuen Schergen von Niklas und einigen Mitgliedern der Pioniere der Schule, die Niklas' Ideale eifrig vertraten und eine entscheidende Rolle bei der Durchsetzung der Disziplin spielten. Sie patrouillierten durch die Schule, um sicherzustellen, dass jeder Schüler den neuen Anforderungen nachkam und bestraften jeden, der gegen die Regeln verstieß.

Nach fünf Tagen Rebellion gaben die älteren Schüler nach und kehrten zu ihren zugewiesenen Aufgaben zurück. Neun Schüler hatten in der Zwischenzeit die Schule verlassen, sie wurden ausgeschlossen wegen ihrer Auflehnung. Offiziell hieß es, sie seien wegen persönlicher Probleme gegangen. Über die wahren Gründe wurde innerhalb der Schule nicht gesprochen, und die Lebensmittel wurden pünktlich einem Lieferwagen übergeben, der einmal in der Woche kam, um sie abzuholen.

Während dieser gesamten Zeit blieb Martin, der geheimnisvolle Schüler, verschwunden. Gerüchten zufolge versteckte er sich in einem der Nachbarinternate, entweder in der Schule Rissenburg oder in der Schule Altenheim. Niklas hatte inzwischen bessere Beziehungen zu den anderen Schulleitern aufgebaut. Zufällig lagerten im Schulhof einige Baumaterialien, die dort schon seit

Jahren ungenutzt herumstanden, übrig geblieben von einem früheren Renovierungsprojekt. Sie waren gut erhalten, und Herr Schmidt hatte Niklas zum Verkauf geraten. Sowohl Herr Raffensberger von Rissenburg als auch Herr Berger von Altenheim zeigten großes Interesse an ihnen. Niklas schwankte zwischen den beiden hin und her und konnte sich nicht entscheiden. Man bemerkte, dass immer dann, wenn Niklas kurz davor zu sein schien, sich mit dem Leiter von Rissenburg zu einigen, Gerüchte aufkamen, Martin verstecke sich in Altenheim, während bei einer Neigung zu dem Leiter von Altenheim behauptet wurde, Martin sei in Rissenburg.

Mit dem Frühlingsanfang machte man eine beunruhigende Entdeckung: Martin besuchte nachts heimlich die Schule! Die Schüler waren so beunruhigt, dass sie kaum noch schlafen konnten. Jede Nacht, so hieß es, schleiche er sich unter dem Schutz der Dunkelheit herein und verursache allerlei Unheil. Er stahl Lebensmittel, verschüttete Getränke, zerstörte Arbeitsmaterialien, trampelte über die Beete und beschädigte die Bäume. Immer, wenn etwas schiefging, wurde dies in der Regel Martin zugeschrieben. War ein Fenster zerbrochen oder ein Wasserhahn verstopft, konnte man sicher sein, dass jemand behauptete, Martin sei in der Nacht gekommen und habe es getan, und als der Schlüssel zur Küche verloren ging, war die ganze Schule überzeugt davon, dass Martin ihn in den Brunnen geworfen hatte. Seltsamerweise hielten die Schüler auch dann noch an dieser Überzeugung fest, als sich der verlegte Schlüssel unter einem Sack mit Turnmaterial auffand. Die Schüler behaupteten einstimmig, Martin schleiche sich nachts in ihre Schlafsäle und störe ihren Schlaf. Von den Ratten, die in diesem Winter eine echte Plage gewesen waren, wurde ebenfalls behauptet, sie seien von Martin heimlich eingeschleust worden.

Niklas ordnete eine gründliche Untersuchung der Aktivitäten von Martin an. Begleitet von seinen treuesten Schülern unternahm er eine sorgfältige Inspektionstour durch die Schulgebäude, und die anderen Schüler folgten ihm in respektvollem Abstand. An verschiedenen Stellen hielt Niklas inne und schien nach Anzeichen von Martins Anwesenheit zu suchen, die er, wie er behauptete, erkennen könne. Er untersuchte alle Ecken und Winkel, das Lehrerwohnhaus, die Klassenzimmer, die Schlafsäle, den Garten und fand bald überall angebliche Spuren von Martin. Dann senkte er jedes Mal den Kopf, überlegte intensiv und rief mit dramatischer Stimme: „Martin! Er war hier! Ich kann es ganz deutlich spüren!", und bei dem Wort „Martin" zeigten seine Begleiter bedrohliche Gesten und Mimiken.

Die Schüler waren zutiefst beunruhigt. Es schien ihnen, als wäre Martin eine Art unsichtbare Bedrohung, die ihre Umgebung durchdrang und ständige Gefahr bedeutete. Am Abend versammelte Paul die Schüler und teilte ihnen mit besorgter Miene mit, dass er alarmierende Neuigkeiten habe. „Genossinnen!", rief Paul und wirkte dabei nervös, „es wurde etwas Entsetzliches aufgedeckt. Martin hat sich mit Herrn Raffensberger von der Schule Rissenburg verbündet, der gerade Pläne schmiedet, uns anzugreifen und unsere Schule zu übernehmen! Martin soll ihm als Anführer dienen, wenn der Angriff beginnt. Doch ich habe noch schlimmere Neuigkeiten. Wir hatten gedacht, Martins Rebellion sei durch seine Eitelkeit und seinen Ehrgeiz ausgelöst worden. Aber wir haben uns getäuscht, Genossinnen. Wisst ihr, was der wahre Grund war? Martin war von Anfang an mit unserem ehemaligen Schulleiter, Dr. Meier, im Bunde! Er war die ganze Zeit über dessen geheimer Agent. Das alles wurde durch Dokumente bewiesen, die er hinterlassen hat und die wir gerade erst entdeckt haben. Meiner Meinung nach, Genossinnen, erklärt das vieles. Haben wir nicht selbst gesehen, wie er – zum Glück erfolglos – versucht hat, uns in der Auseinandersetzung um das Gartenprojekt zu besiegen und zu vernichten?"

Die Schüler waren fassungslos. Dies schien eine weit größere Heimtücke Martins zu sein als die Zerstörung des Gartens. Es dauerte jedoch einige Minuten, bis sie das Ausmaß vollständig erfassten. Sie erinnerten sich alle, oder glaubten sich zu erinnern, wie sie Martin an vorderster Front in der Schlacht um das Schulgebäude gesehen hatten, wie er sie stets um sich versammelt und ihnen Mut zugesprochen und wie er selbst dann nicht gezögert hatte, als er von den Steinen der Gegner getroffen wurde. Es war zunächst schwierig zu verstehen, wie dies damit dazu passte, dass er mit dem ehemaligen Schulleiter im Bunde gewesen sein sollte. Selbst Max, der selten Fragen stellte, war verwirrt. Er setzte sich hin, legte die Hände in den Schoß, schloss die Augen und dachte nach. „Das glaube ich nicht", sagte er.

„Martin hat im Kampf um die Schule tapfer gekämpft. Ich habe es selbst gesehen. Haben wir ihm nicht kurz danach die ‚Schulheldin erster Klasse‘ verliehen?“ „Das war unser Fehler, Genossin. Denn jetzt wissen wir – es steht alles in den geheimen Unterlagen, die wir gefunden haben – dass er in Wirklichkeit versucht hatte, uns in die Falle zu locken.“ „Aber er wurde doch verletzt“, sagte Max. „Wir alle haben gesehen, wie stark er blutete.“ „Das war Teil des Komplotts!“, rief Paul. „Der Gegner traf ihn nur leicht. Ich könnte euch das alles in seiner eigenen, unleserlichen Handschrift zeigen, wenn ihr es nur lesen könntet. Der Plan sah vor, dass Martin im kritischen Moment das Signal zur Flucht geben und uns dem Feind überlassen sollte. Und das wäre ihm fast gelungen – ich wage sogar zu behaupten, Genossinnen, es wäre ihm gelungen, wenn unsere heldenhafte Anführerin, Genossin Niklas, nicht zur Stelle gewesen wäre. Erinnert ihr euch nicht, wie Martin, gerade als die Gegner in den Garten eindrangen, plötzlich kehrtmachte und floh, und viele Schüler ihm folgten? Und erinnert ihr euch nicht auch, dass gerade in diesem Moment, als Panik ausbrach und alles verloren schien, Genossin Niklas mit dem Ruf ‚Tod den Lehrern!‘ vorpreschte und sich den Gegnern entgegenstellte? Daran müsst ihr euch doch erinnern, Genossinnen, oder?“ rief Paul und wedelte aufgeregt mit den Armen.

Nun, da Paul die Ereignisse so lebhaft schilderte, schien es den Schülern, als würde es ihnen wieder einfallen. Sie erinnerten sich zumindest daran, dass Martin in der entscheidenden Phase des

Konflikts um die Schule umgekehrt und geflohen war. Doch Max fühlte sich noch immer etwas unwohl dabei. „Ich glaube nicht, dass Martin von Anfang an ein Verräter war", sagte er schließlich. „Was er seitdem getan hat, das steht auf einem anderen Blatt. Aber ich glaube, dass er uns im Kampf um die Schule eine gute Genossin gewesen ist." „Unsere Anführerin, Genossin Niklas", verkündete Paul und sprach dabei sehr langsam und bestimmt, „hat eindeutig festgestellt – eindeutig, Genossin –, dass Martin von Anfang an ein Agent unseres ehemaligen Schulleiters Dr. Meier gewesen ist – jawohl, und das schon lange bevor wir überhaupt an eine Veränderung gedacht hatten." „Oh, das ist etwas anderes!", sagte Max. „Wenn Genossin Niklas das sagt, dann muss es stimmen." „Das ist die richtige Einstellung, Genossin!", rief Paul, doch es blieb nicht unbemerkt, dass er Max einen sehr kritischen Blick zuwarf. Er wandte sich zum Gehen ab, hielt dann aber doch noch einmal inne und fügte bewegt hinzu: „Ich fordere jede Genossin in dieser Schule auf, wachsam zu sein. Denn wir haben allen Grund zu der Annahme, dass einige von Martins Verbündeten in diesem Moment unter uns sind!"

Vier Tage später ließ Niklas alle Schüler am späten Nachmittag zusammenkommen. Als sie alle versammelt waren, trat Niklas aus dem Lehrerwohnhaus. Er trug seine beiden Auszeichnungen (denn er hatte sich kürzlich die ‚Schulheldin erster Klasse' und die ‚Schulheldin zweiter Klasse' verliehen), und seine treuesten älteren Schüler und die Pioniere der Schule umringten ihn mit grimmigen Blicken, was allen Schülern einen Schauer über den Rücken jagte.

Sie kauerten alle still auf ihren Plätzen und schienen zu ahnen, dass etwas Schreckliches bevorstand.

Niklas musterte seine Zuhörer streng. Plötzlich erfüllte ein schriller Ton die Luft. Sofort stürmten Niklas' treuesten älteren Schüler und die Pioniere der Schule vor, packten und schleiften vier Schüler, die vor Schmerz und Entsetzen aufschrien, vor Niklas. Die Schüler bluteten, die Gefolgsleute von Niklas schienen einen Moment lang wie von Sinnen. Zu jedermanns Erstaunen stürzten sich drei von ihnen auf Max. Max sah sie kommen, streckte die mächtige Faust aus, erwischte einen Schüler in der Luft und drückte ihn auf den Boden. Der Schüler flehte um Gnade, und die beiden anderen flohen mit eingezogenen Köpfen. Max blickte zu Niklas, um zu erfahren, ob er den Schüler bestrafen oder laufen lassen sollte. Niklas schien entsetzt und befahl Max scharf, den Schüler gehen zu lassen, worauf Max die Hand hob und der Schüler, zerschunden und schluchzend, davonkroch.

Der Tumult erstarb augenblicklich. Die vier Schüler warteten zitternd und mit schuldbewussten Mienen. Niklas forderte sie jetzt auf, ihre Vergehen zu gestehen. Es waren dieselben vier Schüler, die protestiert hatten, als Niklas die gemeinsamen Schulversammlungen abgeschafft hatte. Ohne weiteres Drängen gestanden sie, dass sie seit Martins Vertreibung heimlich mit ihm in Kontakt gewesen waren, dass sie bei der Zerstörung des Gartens mit ihm zusammengearbeitet und die Abmachung getroffen hatten, die Freie Mädchen-Internatsschule dem Leiter der Schule Rissenburg zu übergeben. Sie fügten hinzu, dass Martin ihnen gegenüber zugegeben hätte, seit langen Jahren ein Agent des ehemaligen Schulleiters Dr. Meier gewesen zu sein. Als sie ihr Geständnis abgelegt hatten, wurden sie von Niklas' Schergen umgehend niedergeschlagen, und mit befehlender Stimme wollte Niklas wissen, ob nicht noch ein Schüler etwas zu beichten habe.

Die Gruppe Schüler, die die Anführer des Widerstands gegen die zusätzlichen Arbeitsanforderungen gewesen waren, traten nun vor und gaben an, Martin sei ihnen im Traum erschienen und habe sie dazu angestachelt, Niklas' Anordnungen zu missachten. Auch sie wurden umgehend niedergeschlagen. Dann gestand ein Schüler, während der letzten Ernte etwas Gemüse versteckt und heimlich gegessen zu haben. Ein anderer Schüler gab zu, absichtlich Unordnung in der Bibliothek angerichtet zu haben, und zwei weitere Schüler gestanden, einen besonders engagierten Mitschüler, einen treuen Anhänger von Niklas, absichtlich durch die Gänge der Schule gejagt zu haben, während dieser krank war. Sie alle wurden auf der Stelle von Niklas' Schergen niedergeschlagen. Und so ging die Geschichte von Geständnissen und Bestrafungen weiter, bis ein Haufen niedergeschlagener Schüler vor Niklas lag und die Luft schwer von der Spannung war, die sie seit dem Weggang des ehemaligen Schulleiters dort nicht mehr gekannt hatte. Sämtliche Dissidenten wurden unverzüglich der Schule verwiesen und nie wieder gesehen.

Als alles vorüber war, schlichen sich die übrigen Schüler, bis auf

Niklas' treueste Gefolgsleute, gemeinsam davon. Sie waren erschüttert und fühlten sich elend. Sie wussten nicht, was empörender war, das Verhalten der Schüler, die sich mit Martin verbündet hatten, oder die grausame Vergeltung, deren Zeuge sie eben geworden waren. In der Vergangenheit hatte es oft harte Bestrafungen gegeben, doch es schien ihnen allen, dass es jetzt viel schlimmer war, da es in ihrer eigenen Gemeinschaft geschah. Seit dem Weggang des alten Schulleiters Dr. Meier war bis heute niemand von einem anderen so erniedrigt worden – nicht einmal ein Tier. Sie zogen sich auf die kleine Hügelkuppe zurück und legten sich alle zusammen, so als suchten sie Trost und Wärme. Das waren Lena, Mia, Ben, die jüngeren Schüler und eine ganze Schar anderer Schüler – eigentlich alle, bis auf Pauline, die plötzlich verschwunden war, kurz bevor Niklas die Versammlung einberufen hatte. Eine ganze Weile sagte niemand etwas. Nur Max blieb stehen. Er lief aufgeregt hin und her, schlug sich mit den Armen und gab von Zeit zu Zeit ein leises, erstauntes Seufzen von sich. Schließlich sagte er: „Ich verstehe das nicht. Ich hätte nicht geglaubt, dass in unserer Schule solche Dinge passieren könnten. Der Fehler muss irgendwo bei uns selbst liegen. Die Lösung heißt, so wie ich das sehe, noch härter zu arbeiten. Von jetzt an werde ich morgens eine ganze Stunde früher aufstehen.“ So ging er in seinem schwerfälligen Gang in Richtung Garten davon. Dort angekommen, arbeitete er zweimal so intensiv wie sonst und kehrte erst spät zur Ruhe zurück.

Die Schüler kuschelten sich wortlos um Lena. Die Hügelkuppe, auf der sie lagen, gewährte ihnen einen weiten Blick über das Land. Der größte Teil des Schulgeländes lag vor ihnen – die lange Wiese, die sich bis zur Hauptstraße dehnte, die Sportplätze, das Gehölz, die Trinkbrunnen, die angelegten Beete, wo die jungen Pflanzen dicht und grün standen, und die Dächer der Schulgebäude mit dem Rauch, der sich aus ihren Schornsteinen kräuselte. Es war ein klarer Frühlingsabend. Die waagrecht einfallenden Strahlen der Sonne vergoldeten das Gras und die knospenden Hecken. Nie war den Schülern die Schule – und mit einiger Überraschung erkannten sie, dass es ihre eigene Schule war, jeder Zentimeter davon ihr Lern- und Lebensraum – so begehrenswert erschienen. Als Lena die Hügelflanke hinunterblickte, traten ihr Tränen in die Augen. Hätte sie ihre Gedanken aussprechen können, hätte sie gesagt, dass dies nicht das war, was sie angestrebt hatten, als sie sich vor Jahren vorgenommen hatten, die Schule zu einem Ort des freien Lernens und des gemeinschaftlichen Zusammenlebens zu machen. Diese Szenen der Unterdrückung und des Leids waren nicht das, worauf sie in jener Nacht hoffnungsvoll geblickt hatten, als sie zum ersten Mal von einer Schule träumten, in der alle gleichberechtigt waren, jeder nach seinen Fähigkeiten arbeitete, und wo die Stärkeren die Schwächeren unterstützten. Stattdessen – warum, wusste sie nicht – hatten sie es zu einer Zeit gebracht, in der niemand es wagte, seine Meinung zu sagen, in der Niklas' Schergen und die herangewachsenen Pioniere der Schule vier Schüler überall patrouillierten, und wo man mitansehen musste, wie die eigenen

Mitschüler für ihre angeblichen Vergehen bestraft wurden. Sie hegte keinen Gedanken an Ungehorsam oder Aufstand. Sie wusste, dass sie alle – selbst unter den gegebenen Umständen – jetzt viel besser dran waren als unter der strengen Führung des alten Schulleiters Dr. Meier, und dass es vor allem galt, die Rückkehr zu alten, autoritären Strukturen zu verhindern. Was auch geschehen mochte, sie würde die Treue halten, hart arbeiten, die ihr erteilten Befehle ausführen und Niklas' Führung anerkennen. Trotzdem war dies nicht das, wofür sie und die anderen Schüler gehofft und gearbeitet hatten. Nicht hierfür hatten sie den Garten angelegt und den Herausforderungen des Schulalltags getrotzt. All das dachte sie, auch wenn es ihr auch an Worten mangelte, diese Gedanken auszudrücken.

Schließlich begann Lena, ‚Kinder unserer Schule' anzustimmen, weil es ihr irgendwie als Ersatz für die Worte diente, die sie nicht finden konnte. Die anderen Schüler, die um sie herum saßen, stimmten mit ein, und sie sangen das Lied dreimal hintereinander – sehr melodisch, aber langsam und traurig, wie sie es noch nie zuvor gesungen hatten. Gerade als sie es zum dritten Mal beendet hatten, näherte sich Paul, begleitet von zwei älteren Schülern und einigen Pionieren der Schule, mit ernster Miene. Er erklärte, dass das Lied durch einen Sondererlass von Niklas ab sofort verboten sei. Ab diesem Moment dürfe es nicht mehr gesungen werden. Die Schüler waren bestürzt. „Aber warum?", rief Mia. „Es wird nicht mehr benötigt, Genossin", sagte Paul steif. „Das Lied war das Symbol unseres Kampfes für eine bessere Schule. Aber dieser

Kampf ist nun abgeschlossen. Die Bestrafung der Abtrünnigen heute Nachmittag war der letzte Akt. Sowohl externe als auch interne Widersacher sind besiegt. In dem Lied drückten wir unsere Sehnsucht nach einer besseren Schulgemeinschaft in der Zukunft aus. Aber diese Gemeinschaft haben wir nun realisiert. Das Lied hat also eindeutig keinen Sinn mehr." So erschrocken sie auch waren, hätten einige der Schüler vielleicht doch protestiert, aber in diesem Moment begannen die jüngeren Schüler unter Leitung einiger Pioniere ihren üblichen Ruf ‚Kinder gut, Lehrer schlecht' zu skandieren, und dies dauerte einige Minuten und setzte jeder Diskussion ein Ende. So erklang das Lied nie mehr. Stattdessen hatte Leon, der Dichter der Schule, ein anderes Lied komponiert, das mit den folgenden Worten begann:

Schule unser, dir gilt mein Eid:
Nie treffe dich durch mich ein Leid!

Und dies wurde nun jeden Sonntagmorgen nach dem Hissen der Schulflagge gesungen. Doch irgendwie schien es den Schülern, dass weder die Worte noch die Melodie an das alte Lied heranreichten.

KAPITEL 8: SCHATTEN DER VERSCHWÖRUNG

Einige Tage nach den schockierenden Ereignissen begannen die Schüler, sich an das grundlegende erste Prinzip der Schule „Kein Kind soll ein anderes Kind schlagen" zu erinnern – oder zumindest glaubten sie, sich zu erinnern. Obwohl niemand es wagte, dies in Anwesenheit von Niklas' treuen Gefolgsleuten zu äußern, gab es die allgemeine Wahrnehmung, dass die kürzlichen Bestrafungen nicht mit diesem Prinzip übereinstimmten. Lena bat Ben, ihr die Schulregel vorzulesen, und als Ben sich weigerte, sich einzumischen, bat sie Mia um Hilfe. Und Mia las vor: „Kein Kind soll ein anderes Kind schlagen, ohne triftigen Grund." Die letzten Worte waren den Schülern irgendwie entfallen. Doch nun sahen sie, dass das Prinzip nicht gebrochen worden war. Es gab offensichtlich einen Grund, die Verräter zu bestrafen, die sich mit Martin verbündet hatten.

Das ganze Jahr über arbeiteten die Schüler noch härter als im Vorjahr. Die Wiederherstellung des Gartens mit noch stärkeren Gebäuden, solideren Gewächshäusern und die Bewältigung der regulären Schulaufgaben erforderten enorme Anstrengungen und Disziplin. Es gab Tage, an denen es den Schülern schien, als arbeiteten sie länger und härter und hätten dabei nicht mehr Freizeit und zu essen als zu Zeiten des alten Schulleiters.

Sonntagmorgens präsentierte Paul Zahlen, die angeblich bewiesen, dass die Lernerfolge und Produktion in jeder Hinsicht gestiegen waren. Die Schüler hatten keinen Grund, ihm nicht zu glauben, auch wenn sie sich kaum an die Verhältnisse vor der Veränderung erinnern konnten. Dennoch wünschten sie sich manchmal weniger Zahlen, mehr Freiheiten, mehr Lernfreude und vor allem mehr Essen.

Alle Anweisungen kamen nun entweder von Paul oder von anderen älteren Schülern, die Niklas nahestanden. Ständig patrouillieren die Pioniere der Schule, die zum Teil zu kräftigen, stattlichen Schülern herangewachsen waren. Niklas zeigte sich nur alle zwei Wochen in der Öffentlichkeit. Wenn er erschien, wurde er nicht nur von seinen Gefolgsleuten begleitet, sondern auch von einem jungen Schüler, der ihm gewissermaßen als Herold vorneweg stolzierte und ihn jeweils laut ankündigte. Es hieß, Niklas bewohne im Lehrerwohnhaus separate Räume. Er aß allein, wurde von zwei Schülern bedient, und speiste stets von besonderem Geschirr.

Weiterhin wurde verkündet, dass jedes Jahr an Niklas' Geburtstag und an anderen wichtigen Tagen gefeiert werden würde. Man sprach von Niklas nicht mehr einfach als ‚Niklas‘, sondern immer formell als ‚unsere Anführerin, Genossin Niklas‘, und bestimmte ältere Schüler erfanden gern ehrende Titel für ihn wie ‚Mutter aller Genossinnen‘, ‚Schrecken aller Erwachsenen und Lehrer‘ oder ‚Des Kindes Freundin‘. In seinen Reden sprach Paul mit tränenüberströmten Backen von Niklas' Weisheit und Fürsorge.

Es wurde zur Gewohnheit, jeden Erfolg und jeden Glückstreffer Niklas zuzuschreiben. Man hörte oft, wie ein Schüler zum anderen sagte: „Unter der Leitung unserer Führerin, der Genossin Niklas, habe ich diese Woche hervorragend gelernt", oder zwei Schüler am Brunnen meinten: „Wie wunderbar schmeckt dieses Wasser dank der Führung von Genossin Niklas!" Das allgemeine Empfinden in der Schule wurde in einem Gedicht zum Ausdruck gebracht, das von Leon verfasst wurde:

Mutter des Wissens, Quell des Glücks!
Führerin unserer Lernpfade!
O, wie mein Herz erstrahlt,
Betrachte ich Dein Gesicht, so edel und klar,
Wie das leuchtende Sonnenlicht, Genossin Niklas!

Was auch immer Deine Schülerschaft begehrt,
Du erfüllst es mit Hingabe:
Eine Fülle an Wissen, ein Garten voller Pracht,
Jede Schülerin, jung und alt,
Findet in Deiner Obhut Sicherheit und Ruh',
Wachst Du doch unaufhörlich über uns, Genossin Niklas!

Hätt' ich ein Kind, es würde schnell lernen,
Egal wie klein, ob Mädchen oder Junge,
Dir Treue zu zeigen und nur Dich zu preisen;
Sein erstes Wort, ausgesprochen mit Hoffnung und Wonne,

wäre Dein Name: Genossin Niklas!

Niklas ließ das von Leon verfasste Gedicht an die Wand neben den grundlegenden Schulprinzipien schreiben. Ein Porträt von Niklas krönte das Gedicht. Inzwischen verhandelte Niklas durch Herrn Schmidt kompliziert mit den Leitern der Schulen Rissenburg und Altenheim. Die Baumaterialien, die auf dem Schulhof lagen, waren noch immer nicht verkauft. Der Schulleiter von Rissenburg, Herr Raffensberger, zeigte besonderes Interesse, bot jedoch keinen fairen Preis. Gleichzeitig gab es Gerüchte, dass die Führung von Rissenburg Pläne schmiedete, die Internatsschule anzugreifen und das Gartenprojekt zu zerstören, was Wut hervorrief. Man hörte auch, dass sich Martin an der Schule Rissenburg aufhalten solle.

Im Hochsommer wurden die Schüler alarmiert, als drei Schülerinnen gestanden, unter Martins Einfluss ein Komplott geschmiedet hatten, um Niklas zu verletzen. Sie wurden sofort von der Schule verwiesen, und es wurden neue Sicherheitsmaßnahmen für Niklas getroffen. Vier Pioniere der Schule und zwei ältere Schüler bewachten nachts sein Zimmer, und einem jungen Schüler wurde die Aufgabe übertragen, Niklas' Essen vorzukosten. Etwa zur selben Zeit wurde bekannt, dass Niklas vereinbart hatte, das Baumaterial der Schule Altenheim zu verkaufen. Es wurde auch ein regelmäßiger Austausch bestimmter Güter zwischen der Freien Mädchen-Internatsschule und Altenheim vereinbart. Die Beziehungen zwischen Niklas und dem

Leiter von Altenheim, Herrn Berger, waren nun fast freundschaftlich, obwohl sie nur durch Herrn Schmidt unterhalten wurden. Die Schüler misstrauten dem Leiter von Altenheim als einem erwachsenen Schulleiter, zogen ihn aber Raffensberger vor, den sie fürchteten und hassten.

Als der Sommer voranschritt und das Gartenprojekt seiner Fertigstellung entgegensah, mehrten sich die Gerüchte über einen bevorstehenden Überfall. Raffensberger beabsichtige, mit bewaffneten Männern anzugreifen, und habe bereits Behörden und Polizei bestochen, um die Kontrolle über die Freie Mädchen-Internatsschule zu erlangen. Grausame Geschichten über die Behandlung der Schüler an der Schule Rissenburg kamen durch. Es gab Berichte von extremer Härte und Grausamkeit. Gerüchte machten die Runde, dass Raffensberger Schüler wegen geringfügiger Vergehen hart bestrafte, sie unnötig strengen Regeln unterwarf und sogar zu drastischen Maßnahmen griff, um Disziplin durchzusetzen. Es wurde gemunkelt, dass er Schüler für kleinste Verfehlungen schlagen ließ und Freizeitaktivitäten in aggressive, gefährliche Wettkämpfe verwandelte, wobei er die Schüler gegeneinander ausspielte. Die Schüler der Freien Mädchen-Internatsschule waren empört und forderten manchmal lautstark, geschlossen gegen Rissenburg vorzugehen. Doch Paul riet zu Geduld und Vertrauen in Niklas' Strategie.

Eines Sonntagmorgens erschien Niklas und erklärte, er habe niemals ernsthaft erwogen, das Material der Schule Rissenburg zu verkaufen. Er betrachtete es als unter ihrer Würde, mit solchen

Menschen Geschäfte zu machen. Die Schüler wurden angewiesen, ihre bisherige Parole „Tod den Lehrern" in „Nieder mit Rissenburg, Tod Raffensberger" zu ändern. Im Spätsommer kam ein weiterer Plan von Martin ans Licht. Die Gemüseernte war voller Unkraut, und man entdeckte, dass Martin bei einem seiner nächtlichen Besuche Unkrautsamen unter das Saatgut gemischt hatte. Ein Schüler gestand seine Beteiligung und wurde sofort von der Schule verwiesen. Die Schüler erfuhren nun auch, dass Martin nie – wie viele geglaubt hatten – mit der Auszeichnung ‚Schulheldin erster Klasse' geehrt worden war. Dies sei nur eine Legende gewesen, die Martin selbst verbreitet hatte. Weit davon entfernt, geehrt zu werden, war er vielmehr wegen Feigheit in der Schlacht um das Schulgebäude getadelt worden. Einige Schüler waren überrascht, doch Paul überzeugte sie bald, dass ihre Erinnerung sie getäuscht hatte.

Im Herbst wurde das ehrgeizige Gartenprojekt der Schule trotz der Herausforderungen der Erntezeit und der enormen Anstrengungen der Schüler fertiggestellt. Die notwendige Ausrüstung, vor allem in den Gewächshäusern, musste noch installiert werden, aber der grundlegende Bau war abgeschlossen. Die Schüler hatten sich trotz ihrer Unerfahrenheit, dem Einsatz zum Teil primitiver Werkzeuge und den Rückschlägen, die sie erlebt hatten, durchgesetzt. Sie hatten ihr Ziel pünktlich erreicht. Die Schüler, obwohl erschöpft, waren stolz auf ihre Leistung und bewunderten immer wieder ihr Werk, das ihnen sogar noch imposanter und solider als sein Vorgänger erschien. Die

Strukturen der Gewächshäuser waren nun doppelt so dick und stabil, was das Projekt noch widerstandsfähiger machte. Sie spürten, dass es diesmal sogar Sprengstoff bräuchte, um ihre Arbeit zu zerstören. Beim Gedanken an die schwere Arbeit – die überwundenen Hindernisse und den enormen Unterschied, den das Projekt in ihrem Leben machen würde, wenn der Garten die volle Ernte in Bio-Qualität abwerfen würde – verschwand ihre Müdigkeit. Sie umkreisten den neuen Öko-Garten mit Triumphgeschrei und waren stolz auf das, was sie erreicht hatten. Niklas erschien persönlich, begleitet von seinen treuesten Schülern, um das vollendete Werk zu begutachten. Er gratulierte den Schülern zu ihrer herausragenden Leistung und gab bekannt, dass das Gartenprojekt von nun an den Namen „Niklas-Garten" tragen würde. Dies war ein Moment des Triumphes und der Anerkennung für die harte Arbeit und Hingabe der Schüler, die sich trotz vieler Widrigkeiten durchgesetzt hatten.

Zwei Tage später wurden die Schüler zu einer außerordentlichen Versammlung gerufen. Sie waren überrascht, als Niklas verkündete, dass er das überschüssige Baumaterial an die Schule Rissenburg verkauft hatte. Schon am nächsten Tag sollten die Transportfahrzeuge kommen, um mit dem Abtransport zu beginnen. Während seiner vermeintlichen Freundschaft mit dem Leiter von Altenheim hatte Niklas in Wirklichkeit die ganze Zeit über ein geheimes Einvernehmen mit dem Leiter von Rissenburg gepflegt. Alle Beziehungen zu Altenheim wurden abgebrochen; beleidigende Botschaften wurden an den Leiter von Altenheim gesendet. Die Schüler wurden angewiesen, den Kontakt zu Altenheim zu meiden und ihre Parole von „Nieder mit Rissenburg, Tod Raffensberger" in „Nieder mit Altenheim, Tod Berger" abzuändern. Gleichzeitig versicherte Niklas den Schülern, dass alle Gerüchte über einen drohenden Angriff auf die Schule unbegründet seien und die Geschichten über die Grausamkeiten in Rissenburg stark übertrieben wurden. Alle diese Gerüchte stammten wahrscheinlich von Martin und seinen Verbündeten. Wie sich jetzt herausstellte, hielt sich Martin nicht an der Schule Rissenburg auf und war tatsächlich nie dort gewesen: Er lebte – wie es hieß, in beträchtlichem Luxus – an der Schule Altenheim und war schon seit Langem ein Kostgänger Bergers.

Vor allem die ihm treu ergebenden Schüler waren beeindruckt von Niklas' Geschicklichkeit. Durch seine vorgetäuschte Freundlichkeit gegenüber dem Leiter von Altenheim hatte er den Leiter von Rissenburg dazu gebracht, sein Angebot für das Baumaterial zu erhöhen. Aber die wahre Brillanz von Niklas, so erklärte Paul, lag in seinem Misstrauen gegenüber allen, sogar gegenüber dem Leiter von Rissenburg. Rissenburg wollte das Material zunächst mit einem sogenannten Scheck bezahlen, aber Niklas bestand auf Barzahlung in echten Geldscheinen. Die von Rissenburg bereits gezahlte Summe – angeblich ein paar dicke Bündel Banknoten – deckte einen beträchtlichen Teil der Kosten für verschiedenste Rohstoffe, die für das Gartenprojekt so dringend notwendig seien.

Die Schule war in Aufruhr, als das Baumaterial schnell

weggebracht wurde. Nach dem Abtransport versammelten sich die Schüler in der Aula, wo Niklas stolz das von Rissenburg erhaltene Geld präsentierte. Die Schüler bestaunten die Banknoten, die Niklas auf einem Porzellanteller ausgebreitet hatte. Drei Tage später erschütterte ein Vorfall die Schule. Herr Schmidt erschien mit totenbleichem Gesicht und stürzte schnurstracks ins Lehrerwohnhaus. Im nächsten Augenblick ertönte aus Niklas' Räumen ein ersticktes Wutgeheul. Die Neuigkeit von dem, was geschehen war, breitete sich wie ein Lauffeuer über die ganze Schule aus. Die Banknoten waren gefälscht! Rissenburg hatte das Baumaterial gratis bekommen! Niklas rief die Schüler in der Aula zusammen und verkündete wütend, dass man nach dieser verräterischen Tat mit dem Schlimmsten zu rechnen habe. Raffensberger und seine Leute könnten jeden Moment ihren langerwarteten Angriff auf die Schule unternehmen. Sofort wurden Wachposten eingerichtet. Niklas beschloss auch, eine Versöhnungsbotschaft an Altenheim zu senden, in der Hoffnung, das Verhältnis zu Herrn Berger wiederherzustellen.

Die Aula war erfüllt von aufgebrachten Stimmen, während Niklas Pläne für die Verteidigung der Schule schmiedete. Die Schüler diskutierten heftig, einige forderten Vergeltung, andere betonten die Notwendigkeit von Diplomatie. Niklas' Entscheidung, nun mit Altenheim zu verhandeln, zeigte seine Bereitschaft, Strategien anzupassen und Allianzen zu wechseln, um die Sicherheit der Schule zu gewährleisten. In den folgenden Tagen waren die Schüler ständig wachsam, da Gerüchte über Rissenburgs mögliche

Aktionen kursierten. Die Stimmung in der Schule war angespannt, aber die Gemeinschaft blieb fest entschlossen, zusammenzustehen.

Am nächsten Morgen griff die Gruppe von Raffensberger die Schule an. Die Schüler wurden während des Frühstücks überrascht, als die Wachen meldeten, dass die Angreifer das Haupttor bereits passiert hatten. Die Schüler starteten mutig einen Gegenangriff, aber der Sieg war schwerer zu erringen als bei früheren Konflikten. Raffensbergers Gruppe, bewaffnet mit Knüppeln und Stangen, setzte die Schüler schnell unter Druck. Trotz der Bemühungen von Niklas und Max, die Schüler neu zu organisieren, wurden sie zurückgedrängt, und einige erlitten Verletzungen. Sie zogen sich in die Schulgebäude zurück und beobachteten die Angreifer durch Fenster und Türen. Das Schulgelände und der Garten fielen in die Hände der Angreifer. Niklas schien ratlos und lief unruhig hin und her. Es gab Hoffnungen auf Unterstützung von Altenheim, aber diese zerstörte sich, als Schüler mit der Nachricht „Geschieht euch ganz recht" aus Altenheim zurückkehrten, die offensichtlich keine positive Wendung der Situation in Aussicht stellte. Die Schüler mussten sich auf die Verteidigung ohne externe Hilfe vorbereiten.

In der Zwischenzeit hatte Raffensberger mit seinen Schergen das Gartenprojekt erreicht. Während die Schüler aus sicherer Entfernung zusahen, machten Raffensbergers Leute sich daran, das Projekt zu zerstören. Zwei Männer bereiteten mit Brechstangen und Vorschlaghämmern alles vor, um die

Gewächshäuser zu demontieren. Niklas rief „unmöglich" und betonte, dass das Projekt zu stabil sei, um so schnell zerstört zu werden. Doch Ben, der das Geschehen genau verfolgte, erkannte schnell ihre Absicht. Sie fingen an, als Vorbereitung Sprengstoff in den Fundamenten der Gewächshäuser zu platzieren. Ein Gefühl der Hilflosigkeit breitete sich unter den Schülern aus, als sie erkannten, dass ein direktes Eingreifen unmöglich war. Die Männer zündeten den Sprengstoff, und mit einem lauten Knall und einer riesigen Staubwolke wurden sämtliche Gewächshäuser zerstört. Die Schüler waren schockiert und trauerten um das, was sie mit so viel Mühe aufgebaut hatten. Die Explosion ließ eine schwarze Rauchwolke zurück, und das, was einst das Herzstück ihrer gemeinsamen Arbeit gewesen war, lag nun in Trümmern.

Als die Schüler die Zerstörung ihres Gartenprojekts sahen, kehrte der Mut zurück. Ihre Furcht und Verzweiflung verwandelten sich in Wut über den hinterhältigen Angriff. Entschlossen und ohne Rücksicht auf die Waffen der Angreifer stürmten sie vor. Die Auseinandersetzung wurde heftig und erbittert. Trotz Verletzungen kämpften die Schüler tapfer weiter. Niklas, der die Verteidigung koordinierte, wurde auch verletzt. Im entscheidenden Moment des Kampfes unternahmen die Pioniere der Schule, die von Niklas instruiert worden waren, ein geschicktes Umgehungsmanöver. Sie nutzten den Schutz der Hecke, um die Angreifer von der Seite zu überraschen. Mit einem gezielten Wurf von Steinen aus ihren Taschen verursachten sie Panik unter den Gegnern. Diese erkannten die drohende Gefahr einer Umzingelung und wurden von der Furcht ergriffen. Inmitten des Chaos rief Raffensberger seinen Leuten zu, sie sollten fliehen, solange sie noch konnten. Die Schüler trieben sie bis zum Schulgeländerand, wobei sie entschlossen nachsetzten und die Angreifer endgültig vertrieben.

Nach dem Sieg herrschte eine gedrückte Stimmung unter den Schülern. Sie waren erschöpft und verletzt, einige bluteten stark. Die Anstrengungen und Opfer, die sie für das Gartenprojekt gebracht hatten, schienen nun vergebens. Das Projekt, in das sie so viel Herzblut gesteckt hatten, war in Trümmern. Sie versammelten sich schweigend an der Stelle, wo die Trümmer der Gewächshäuser standen, und trauerten um ihre verletzten Freunde und um die verlorene Arbeit. Die Zerstörung war so groß, dass es kaum vorstellbar war, dass hier einmal ein blühender Garten gestanden hatte. Sie waren sich bewusst, dass der Wiederaufbau eine enorme Herausforderung sein würde, vielleicht sogar unmöglich. Die mühevolle Arbeit der letzten zwei Jahre war nahezu zunichtegemacht worden, selbst die Grundfesten waren beschädigt. Die Kraft der Zerstörung hatte die Materialien weit verstreut, als hätte es das Projekt nie gegeben.

Als die Schüler erschöpft zur Schule zurückkehrten, wurden sie von Paul, der während der Auseinandersetzung unerklärlicherweise abwesend war, begrüßt. In der Ferne hörte man, wie Dr. Meiers alte Lehrerpeitsche geschlagen wurde. „Warum wird die Peitsche geschlagen?" fragte Max. „Um unseren Sieg zu feiern!" rief Paul. „Welchen Sieg denn?" sagte Max, sichtlich gezeichnet von den Kämpfen.

„Welchen Sieg, Genossin? Haben wir den Feind denn nicht von unserem Boden vertrieben – vom heiligen Boden des Freien Mädchen-Internats?"

„Aber sie haben das Gartenprojekt zerstört. Und wir hatten zwei Jahre lang daran gearbeitet!"

„Na und? Wir werden ein neues Gartenprojekt bauen. Wir werden sechs Gartenprojekte bauen, wenn wir Lust dazu haben. Du weißt die gewaltige Tat überhaupt nicht zu schätzen, die wir vollbracht haben, Genossin. Der Feind hatte eben den Grund, auf dem wir jetzt stehen, besetzt. Und nun haben wir – dank der Führerschaft von Genossin Niklas – jeden Zentimeter davon zurückgewonnen!" „Dann haben wir zurückgewonnen, was wir schon vorher besaßen", sagte Max. „Das ist unser Sieg", sagte Paul.

Sie humpelten in den Hof. Die Verletzungen an Max' Hand taten schrecklich weh. Er sah vor, sich die harte Arbeit, das Gartenprojekt von Grund auf neu zu errichten, und im Geist rüstete er sich bereits für die Aufgabe. Doch er spürte zum ersten Mal, dass die vergangenen Jahre trotz seines immer noch jungen Alters an seinen physischen und mentalen Kräften gezehrt hatten und diese vielleicht doch nicht mehr ganz so stark waren wie früher. Aber als die Schüler die Schulflagge flattern sahen und die Peitsche schlagen hörten – insgesamt sieben Mal – und die Rede vernahmen, die Niklas hielt, in der er sie für ihr Verhalten lobte, schien es ihnen schließlich doch, dass sie einen großen Sieg errungen hatten. Die in der Auseinandersetzung verletzten Schüler erhielten besondere Aufmerksamkeit. Max und Lena führten die Gemeinschaft an. Zwei Tage lang wurde gefeiert. Es gab Lieder, Reden und weitere Freudenrufe, und jeder Schüler erhielt als besonderes Geschenk ein Stück Obst, das – außer für Niklas uns seine Gefolgsleute – normalerweise äußerst knapp war. Es wurde verkündet, dass die Auseinandersetzung als ‚Die Schlacht am Garten‘ bekannt werden werde, und dass Niklas eine neue Auszeichnung eingeführt hatte, den ‚Orden vom bunten Banner‘, den er sich selbst verlieh. In der allgemeinen Freude wurde die unglückliche Affäre mit den gefälschten Banknoten vergessen.

Wenige Tage später entdeckten ein paar von Niklas’ Gefolgsleuten im Keller des Lehrerwohnhauses eine Kiste mit alkoholischen Getränken, die sie zuvor übersehen hatten. In jener Nacht drangen laute Gesänge aus dem Lehrerwohnhaus, unerwartet vermischte sich sogar das verbotene Schullied ‚Kinder unserer Schule‘ in die Melodien. Gegen halb zehn wurde Niklas gesehen, wie er mit einem alten Hut auf dem Kopf um das Gebäude lief und dann wieder ins Haus verschwand. Am nächsten Morgen herrschte Stille im Lehrerwohnhaus, und kein einziger aus Niklas’ Entourage zeigte sich.

Es war fast neun Uhr, als Paul erschien, erschöpft und niedergeschlagen, sein Blick stumpf, sein Auftreten kraftlos. Er rief die Schüler zusammen und teilte ihnen mit, dass Niklas im Sterben lag. Ein Wehklagen erhob sich unter den Schülern. Sie fragten sich, wie es ohne ihre Führerin weitergehen könnte. Vor dem Lehrerwohnhaus wurde Stroh ausgelegt, und alle bewegten sich auf Zehenspitzen. Mit Tränen in den Augen diskutierten sie, was ohne Niklas geschehen würde. Es kursierte das Gerücht, Martin hätte Niklas vergiftet. Gegen Mittag gab es Neuigkeiten von Paul: Als letzte Amtshandlung habe Niklas den Alkoholkonsum endgültig verboten.

Am Abend kam die Nachricht, Niklas' Zustand habe sich gebessert, und am nächsten Tag war er wieder wohlauf. Niklas beauftragte Herrn Schmidt, Materialien für eine Brauerei zu besorgen. Eine Woche später ließ Niklas eine Wiese umgraben, die eigentlich als Erholungszone gedacht war, um dort Gerste für die geplante Brauerei anzupflanzen, was unter den Schülern für gemischte Reaktionen sorgte.

In dieser Zeit ereignete sich ein sonderbarer Vorfall, den sich kaum jemand zu erklären wusste. Eines Nachts wurden die Schüler durch laute Geräusche aufgeweckt und fanden Paul beim Hauptgebäude benommen auf dem Boden liegend, neben einer umgestürzten Leiter, einer Laterne, einem Pinsel und einem umgekippten Eimer mit weißer Farbe. Die Pioniere der Schule halfen ihm, zurück ins Lehrerwohnhaus zu gelangen. Keiner der Schüler konnte sich einen Reim darauf machen, nur Ben nickte wissend und schien sehr wohl zu verstehen, was los war, doch sagen wollte er nichts. Als Mia einige Tage später die Schulregeln an der Wand des Hauptgebäudes überprüfte, entdeckte sie, dass die vierte Regel, die sie als „Lebe NICHT wie Erwachsene: Keine

Süßigkeiten, kein Alkohol." in Erinnerung hatte, tatsächlich lautete „Lebe NICHT wie Erwachsene: Keine Süßigkeiten, kein Alkohol im Übermaß".

KAPITEL 9: BROT UND SPIELE(RINNEN)

In der schwülen Hitze des Sommers, während die letzten Jubelrufe der Siegesfeiern verhallten, versank die Stimmung in der Schule in eine bedrückende Stille. Der Triumph der Schlacht am Garten hatte seinen Preis gefordert: Die Kassen waren leer, die Vorräte waren zur Neige gegangen. Die Entdeckung, dass Raffensbergers gelieferte Banknoten nichts als wertlose Fälschungen waren, verschärfte die Not. Selbst Niklas und seine treuesten Mitstreiter sahen sich gezwungen, den Gürtel enger zu schnallen, ein Symbol der Entbehrung, das nun alle teilten.

In diesen düsteren Zeiten erschien wie aus dem Nichts wieder Frau Schwarz, ihre Gestalt war von Autorität umweht, ihre Stimme männlicher denn je. Sie suchte Niklas im Lehrerwohnhaus auf, mit einer massiven, undurchsichtigen Tasche im Schlepptau. Was als gedämpftes Gespräch begann, steigerte sich bald zu einem Orkan aus Worten und Emotionen. Schreie erfüllten die Luft, Fäuste donnerten auf die Tische. Etwa eine Stunde später verließ Frau Schwarz, nun einsam und erhaben wie ein abziehender Sturm, das Gebäude. Die Tasche, einst so bedrohlich und voll, hing nun schlaff und leer an ihrer Seite. Sie glitt in den hinteren Teil ihres luxuriösen Wagens, gab dem Fahrer ein knappes Signal, und verschwand so schnell, wie sie gekommen war.

Einige Tage nach Frau Schwarz' geheimnisvollem Besuch wendeten sich die Ereignisse in der Schule überraschend. Mehrere Lieferwagen fuhren vor das Lehrerwohnhaus, aus denen Kisten und Pakete in das Gebäude geschleppt wurden. Obwohl niemand genau sah, was geliefert wurde, kursierten Gerüchte, dass es sich um Lebensmittel und Getränke handeln könnte.

In den folgenden Nächten erfüllten Lachen und Gesang die Luft um das Lehrerwohnhaus – Zeichen ausgelassener Feierlichkeiten. Nur Niklas und seine engsten Gefolgsleute schienen beteiligt zu sein, abgeschirmt von den neugierigen Blicken der übrigen Schule. Die genauen Details blieben ein Mysterium, aber die Stimmung deutete darauf hin, dass sie einen Weg gefunden hatten, die kargen Tage hinter sich zu lassen, zumindest für den Moment.

Plötzlich ging der Ruf durch die Schule, dass sich ein jeder in der Aula einfinden möge, denn Niklas hatte eine Ankündigung von großer Tragweite zu machen. Die Luft im Saal vibrierte vor aufgeregter Erwartung, während die Schüler, von einem elektrisierenden Flüstern umgeben, sich gegenseitig ihre Theorien darüber, worum es in dieser Versammlung wohl gehen könnten, zuflüsterten. Dann, mit einem dramatischen Nachdruck, schwang die massive Tür auf und ein Herold, dessen weibliches Gewand geradewegs einem mittelalterlichen Fest entsprungen zu sein schien, trat ein. Mit einer überraschend hohen, fast quietschenden Stimme proklamierte er: „Hört, hört! Versammelt euch, um der kühnen Führerin Niklas zu lauschen, die uns heute mit ihren

Worten beehren wird!" Ein ehrvolles Schweigen breitete sich aus, durchbrochen nur von vereinzeltem, unterdrücktem Kichern.

Dann, flankiert von den resolut blickenden Pionieren der Schule, hatte Niklas seinen Auftritt. In der Rolle der Führerin, der höchsten Genossin unter den Genossinnen, erschien er in einer Frauengarderobe, die so prachtvoll und historisch anmutete, als wäre sie einem Filmepos entlehnt: ein üppig mit Rüschen und Spitzen besetztes Gewand, gekrönt von einem ebenso kunstvoll gearbeiteten Hut. Einige munkelten, ähnliche Gewänder hätten sie einst an Frau Meier bewundert. Doch damit nicht genug. Als Niklas zu seiner Ansprache ansetzte, erklang eine hohe, nachgeahmte Frauenstimme, so zart und melodisch, dass man meinen könnte, eine Opernsängerin habe das Wort ergriffen.

Das Publikum wurde von einer Mischung aus Belustigung und Erstaunen erfasst. Einige konnten sich ein Kichern nicht verkneifen und hielten sich die Hand vor den Mund, während andere mit unverhohlener Fassungslosigkeit dem Geschehen folgten, unfähig zu glauben, was sich ihnen da bot. Einzelne Schüler bemühten sich, ihr Kichern zu unterdrücken, indem sie ihre Gesichter hinter ihren Händen verbargen, ihre Schultern jedoch verräterisch bebten. Wieder andere starrten mit offenem Mund, unfähig, ihre Augen von dem skurrilen Anblick vor ihnen abzuwenden.

Niklas, auf Absätzen balancierend, bewegte sich mit einer theatralisch anmutenden Eleganz zum Podium, während Paul ihn mit einer überraschend hohen Stimme als „das leuchtende Juwel unserer Gemeinschaft" vorstellte. Mit sorgfältig aufgetragenen roten Lippen und einem Hauch von Puder im Gesicht räusperte sich Niklas theatralisch, und die Zuschauermenge schwankte zwischen Belustigung, Rührung und blankem Erstaunen.

„Genossinnen", begann er in seiner künstlich angehobenen Stimme, die wiederholt ins Falsett abglitt, und beinahe hätte ihn das Schwanken auf seinen hohen Schuhen zu Boden gerissen. „Genossinnen", wiederholte er, die Spannung der Menge einfangend, „wir haben harte Zeiten durchgemacht. Die Schlacht am Garten hat uns zutiefst geprüft, und die Herausforderungen dauern an. Nach intensiven Verhandlungen habe ich Unterstützung gesichert, die es uns ermöglichen wird, die ersten Sport- und Kulturwettkämpfe unserer Schule auszutragen." Ein erstauntes Murmeln ging durch die Menge. „Diese Wettkämpfe werden ein Fest der Gleichheit und Vielfalt sein. Genossinnen, wir werden der Mädchen-Internatsschule Ehre machen", fuhr Niklas fort, seine Stimme nun durch die Anstrengung brüchig, „Folgt unserem Beispiel – wir haben eine Fülle an Kleidern, Schminkutensilien, Handtaschen und Schuhen vorbereitet. Auch die Kunst des Nähens modischer Damenbekleidung wird gefördert. Genossinnen, lasst uns unsere Treue zeigen und das weibliche Geschlecht zelebrieren. Wir sind alle Mädchen!"

Die Schüler blickten sich mit einer Mischung aus Verblüffung und Ungläubigkeit an. „Soll ich jetzt wirklich ein Mädchenkleid tragen?", gab Max, der das Gehörte nicht glauben wollte, laut zu bedenken. Einige seiner Mitschüler konnten sich ein Lachen nicht verkneifen.

„Zudem", fügte Niklas hinzu, ein letztes überzeugendes Argument ins Feld führend, „werden wir alle Teilnehmer mit einer Auswahl an köstlichen Speisen und Getränken versorgen. Diese Wettkämpfe sollen schließlich ein wahres Fest werden."

Das Gelächter erstarb sofort, als das Versprechen von Speis und Trank im Raum fiel. Angesichts ihrer knappen Essensrationen und der Tatsache, dass ihre Tage oft nur mit Wasser und gelegentlich etwas Milch versüßt wurden, klang Niklas' Angebot verlockend. Bei der Aussicht auf ein reichhaltiges Mahl verwandelte sich die Skepsis in Eifer. Die Schüler tauschten erwartungsvolle Blicke und stürmten dann zum Kleiderlager. Sie schlüpften in die Kleider, tänzelten auf High Heels, halfen sich gegenseitig beim Schminken, setzten sich übergroße Hüte auf und begannen, in übertrieben hohen Stimmen miteinander zu plaudern. Niklas beobachtete das Treiben mit einem vergnügten Lächeln. In den folgenden Tagen entfaltete sich eine Fülle von Aktivitäten.

Da war der Schönheitswettbewerb, geplant als Krönung der „Miss Mädchen", bei dem eine zusätzliche Portion Süßigkeiten als Preis lockte. Die Begeisterung, besonders unter den Jungen, war groß, da sie nun die Chance hatten, in verführerischen Kleidern zu glänzen. Sie malten sich die Nägel bunt, wählten die Stöckelschuhe mit den höchsten Absätzen aus, perfektionierten ihre Falsettstimmen und übten gemeinsam, die romantischsten Balladen in feinster Tonlage zu singen. „Das ist doch lächerlich", murrte Max und distanzierte sich empört von der Veranstaltung, auf der Suche nach einer Aktivität, die ihm mehr zusagte. Vorbei am Cheerleading, wo er seine Freunde in Hotpants und Strümpfen tanzend und lachend vorfand, konnte er nur den Kopf schütteln. Das Synchronschwimmen im eiskalten Schulteich reizte ihn ebenso wenig. Er war schockiert, seine Freunde, die sich mühevoll ein Lächeln abringen mussten, während sie auf den Zehenspitzen standen, in Ballett-Trikots und Strumpfhosen zu sehen. Ballett war also auch nichts für ihn. Er steuerte die jetzt geschlechtsneutralen Toiletten an – denn schließlich waren jetzt alle „Mädchen" – und ging an Pauline und Andrea vorbei, ließ ein paar laute Körpergeräusche los und verrichtete sein Geschäft in einer der nicht sonderlich schalldichten Kabinen. Nachdem er die Toilette verlassen hatte und an einigen entsetzten Mädchen vorbeigegangen war, ließ er sich im Workshop für Romantikfilme nieder und schlief prompt ein.

Inzwischen wurde der Höhepunkt des Schönheitswettbewerbs erreicht und die Siegerin gekürt. Philippa (ursprünglich Philipp, doch dem Geist des Mädchenwettbewerbs angepasst) und Floriana hatten sich ins Finale gekämpft. Interessanterweise hatten es keine der „ursprünglichen" Mädchen bis in die Halbfinals geschafft, doch das war nun nebensächlich, da alle Teilnehmenden in den Genuss der weiblichen Identität gekommen waren und der Spaß im Vordergrund stand. Die Jury, bestehend aus Marca, Thomasa und Nicolasa – eigentlich Jungen, doch in diesem Kontext ohne Bedeutung –, fällte ihr Urteil einstimmig: Floriana wurde zur strahlenden Gewinnerin, zum schönsten Mädchen der Schule, zur „Miss Mädchen" gekrönt. Mit einem entzückten Quietschen nahm Floriana den Titel an, während Philippa mit einem anerkennenden Applaus und einem Lächeln, wie es sich für eine Misswahl gehört, gratulierte. Das Publikum jubelte begeistert, als Floriana sich voller Begeisterung auf ihren Preis stürzte: ein frisch zubereitetes, exquisites Mousse au Chocolat.

Der Schönheitswettbewerb markierte den unbestrittenen Höhepunkt der gesamten Veranstaltung. Darüber hinaus wurden zahlreiche andere Aktivitäten geboten: Ein Kurs in Flöten- und Harfenspiel, ein Workshop zu Gefühlen und Empathie und natürlich eine detaillierte Einführung in die Welt der Schmuckstücke und Accessoires sowie künstlicher Fingernägel. Auch die Back- und Nähworkshops erfreuten sich großer Beliebtheit. Lediglich der Wettbewerb am Schwebebalken musste nach einem bedauerlichen Zwischenfall mit Ursa sofort abgebrochen werden. Die vielfältigen Angebote boten eine willkommene Abwechslung zum sonst so eintönigen Schulalltag, besonders nach den entbehrungsreichen Zeiten der Schlacht am Garten.

Zum Abschluss der Feierlichkeiten ergriff Niklas das Wort in einer fein abgestimmten Kopfstimme und unterstrich die Bedeutung dieser erfolgreichen Veranstaltung. Mit Nachdruck betonte Niklas die zentralen Werte des Anlasses: die Förderung von Gleichheit und Diversität.

Kapitel 10: Zwischen Hoffnung und Unterdrückung

Der Alltag war wieder zurück. Das Essen wurde wieder strikt rationiert, außer für Niklas und seine Gefolgsleute, die ständig feierten. Es dauerte lange, bis Max' Erschöpfung von der Verteidigung der Schule und der Umsetzung neuer Projekte nachließ. Die Sport- und Kulturwettkämpfe hatten für ihn keinerlei positiven Effekt, im Gegenteil, er empfand sie als unnötig und das ganze Mädchen-Getue ging ihm und auch vielen anderen mächtig auf die Nerven. Direkt nach den Erfolgen gegen die externen Bedrohungen durch Raffensberger und dessen Verbündete und nach den anschließenden Feierlichkeiten begannen die Schüler mit neuer Kraft und Elan, die Schule nach ihren Visionen umzugestalten. Max, der sich niemals einen Tag der Abwesenheit erlaubte, machte es zu seiner persönlichen Mission, trotz der Anstrengung keine Schwäche zu zeigen. Am Abend gestand er jedoch Lena, dass ihn die Müdigkeit stärker belastete, als er zugeben wollte. Lena, die stets um das Wohl der anderen bemüht war, versuchte mit unterstützenden Worten und praktischer Hilfe, etwa durch Entspannungstechniken, die sie aus Büchern über Selbstfürsorge gelernt hatte, Max zu entlasten.

Zusammen mit Ben probierte sie, Max zu überzeugen, sich etwas Ruhe zu gönnen. „Selbst die stärksten Schultern brauchen mal eine Pause", sagte sie. Doch Max wollte davon nichts hören. Er erklärte, dass sein größter Wunsch darin bestünde, die Schule in eine feste Gemeinschaft verwandelt zu sehen, bevor er seinen Abschluss mache.

Zu Beginn, als die neuen Regeln der Schule zum ersten Mal aufgestellt wurden, hatte man das Abschlussalter für Schüler bei 18 Jahren festgelegt, mit der Möglichkeit, danach an der Schule zu bleiben, aber weniger hart arbeiten zu müssen. Neuerdings wurde das Thema immer öfter diskutiert, doch kein einziger Schüler, der nicht zur Führungsriege um Niklas gehörte, kam je in den Genuss dieser Option.

Jetzt, da das kleine Stück Land hinter dem Schulgebäude exklusiv dem Gerstenanbau gewidmet war, gab es Gerüchte, dass ein Teil des Sportplatzes in einen Bereich für erweiterte Freizeitaktivitäten umgewandelt werden sollte. Für die Schüler, hieß es, würden zusätzliche Lernmaterialien und im Winter Zugang zu Indoor-Sportanlagen bereitgestellt, zuzüglich besonderer Belohnungen an Feiertagen.

Die Schule war jedoch von harten Zeiten geprägt. Der Winter war genauso streng wie der letzte, und die Ressourcen waren sogar noch knapper. Wieder wurden alle Zuweisungen reduziert, nur die für die Niklas und seine Gefolgsleute nicht. Eine allzu starre Gleichverteilung der Ressourcen, erklärte Paul, würde den Prinzipien der neuen Schulordnung widersprechen. Ihm bereitete es keinerlei Schwierigkeiten, den anderen Schülern zu beweisen, dass es in Wirklichkeit keinen Mangel an Nahrung gab, auch wenn es scheinbar so aussah. Vorläufig war es allerdings notwendig gefunden worden, eine „Anpassung" der Zuweisungen vorzunehmen (Paul sprach stets von „Anpassung" und niemals von „Kürzung"), doch im Vergleich mit den Zeiten vor der Reform sei die Verbesserung noch immer enorm. Indem er die Zahlen mit schriller, schneller Stimme verlas, bewies er ihnen im Einzelnen, dass sie mehr Essen, mehr Bücher, besseren Zugang zu Computern und mehr Freizeitmöglichkeiten hatten als vor der Umgestaltung, dass sie weniger Stunden lernten, dass ihre Lernumgebung besser war, dass sie gesünder lebten, dass ein größerer Prozentsatz von ihnen die Schule erfolgreich abschloss, und dass sie über komfortablere Aufenthaltsräume und weniger Belastung durch Stress litten.

Die Schüler glaubten jedes Wort. Ehrlich gesagt waren ihnen die sieben Grundregeln und alles, wofür sie standen, beinahe aus dem Gedächtnis entschwunden. Sie wussten, dass das Leben in der Schule heute fordernd und spartanisch war, dass sie oft überfordert waren und oft die körperliche Anstrengung spürten und dass sie üblicherweise arbeiteten und lernten, wenn sie nicht gerade schliefen und dass sie jetzt alle Mädchen waren, was ihnen schon sehr komisch vorkam. Aber früher war es zweifellos schlimmer gewesen, daran glaubten sie gerne. Außerdem waren sie in jenen fernen Tagen unter strenger Aufsicht gewesen, und jetzt waren sie frei, und das machte den großen Unterschied aus, wie Paul nie müde wurde hervorzuheben.

Jetzt gab es deutlich mehr junge Schüler zu betreuen. Im Herbst hatten sich die Schülerzahlen deutlich erhöht, da mehrere Familien fast zeitgleich zugezogen waren, wodurch die Klassenzimmer mit neuen Gesichtern gefüllt wurden. Die Neuzugänge brachten frischen Wind und neue Ideen in die Schule, und da Niklas eine zentrale Führungsrolle innehatte, war es keine Überraschung, dass viele der Neuerungen auf seine Initiative zurückgingen. Es wurde angekündigt, dass später, nach dem Erwerb von zusätzlichen Lehrmaterialien und der Einrichtung weiterer Lernräume, ein neuer Bereich für projektorientiertes Lernen im Schulgarten geschaffen werden sollte.

Vorübergehend übernahm Niklas persönlich die Einführung der neuen Schüler in das Konzept der Schule. Sie wurden in kleinen Gruppen im Schulgarten unterrichtet und dazu ermutigt, sich von herkömmlichen Spielen zu lösen und stattdessen in Projekten zu lernen und zu experimentieren. Zu dieser Zeit wurde auch eine neue Regel eingeführt: Wenn ein älterer Schüler und ein jüngerer Schüler auf dem Flur aufeinandertrafen, dann sollte der jüngere Schüler den Weg freimachen; zudem wurde beschlossen, dass allen Schülern, unabhängig von ihrem Alter oder ihrer Rolle in der Schule, das Privileg zustand, sonntags ein buntes Armband zu tragen, als Zeichen der Zugehörigkeit zur Schulgemeinschaft und der gemeinsamen Vision. Natürlich waren Mädchen-, also Frauenkleider Pflicht.

Die Schule hatte ein ziemlich erfolgreiches Jahr hinter sich, litt aber immer noch unter Geldknappheit. Es mussten Materialien für das neue Projekt-Lernzentrum gekauft werden, und es war auch notwendig, erneut mit dem Sparen für die Anschaffung neuer Lehrmittel und Technologien zu beginnen. Dazu kamen dann noch Ausgaben für Rohstoffe wie Samen und Süßspeisen für die Führung (den Schülern waren sie verboten, mit der Begründung, sie seien ungesund) und was sonst eben noch alles benötigt wurde, wie Bücher, Stifte, Papier, Toner für Drucker, Computerzubehör und Sportausrüstung. Um zusätzliche Mittel zu generieren, verkaufte die Schule einige ihrer alten Möbel und einen Teil der von den Schülern im Schulgarten angebauten Gemüseernte, und der Handel mit Nahrungsmitteln mit anderen Schulen wurde erweitert, obwohl in diesem Jahr kaum genug Essen für die eigenen Schüler blieb. Die bereits im Dezember gekürzten Budgets wurden im Februar noch einmal reduziert, und um Energie zu sparen, schaltete man früher in den Klassenräumen und Fluren das Licht aus. Doch Niklas und seine Gefolgsleute schienen sich gut zu arrangieren, und wenn überhaupt, so schien ihre Zufriedenheit mit der Situation zu wachsen, da sie ständig Feste feierten, Essen und Trinken im Übermaß vorhanden sein zu schien und sie entsprechend zunahmen.

Eines Nachmittags Ende Februar wehte ein warmer, angenehmer Duft, so wie ihn die Schüler noch nie zuvor gerochen hatten, über das Schulgelände. Er kam von der alten Schulcafeteria, die in den letzten Jahren kaum genutzt worden war. Einige sagten, es sei der Geruch von kochender Gerste. Die Schüler atmeten hungrig den Duft ein und fragten sich, ob es zum Abendessen eine besondere Mahlzeit geben würde. Doch es gab keine besondere Mahlzeit, und am folgenden Montag wurde verkündet, dass von nun an alle besonderen Essensrationen und Snacks der Führung vorbehalten blieben. Im Schulgarten war nun zusätzliche Gerste angepflanzt worden.

Bald sickerte durch, dass jetzt jedes Mitglied der Führung täglich eine Extra-Ration Bier bekam, und Niklas selbst vier Rationen, die ihm immer in der besonderen Lehrerlounge serviert wurden. Doch wenn es auch Herausforderungen zu bewältigen gab, so wurden diese teilweise durch die Tatsache ausgeglichen, dass das Schulleben in diesen Tagen mehr Anerkennung und Wertschätzung genoss als zuvor. Es gab mehr schulische Veranstaltungen, mehr Projekte, mehr Ausstellungen. Die Schulleitung hatte angeordnet, dass einmal im Monat eine sogenannte ‚Spontan-Präsentation' stattfinden sollte, deren Zweck es war, die Erfolge und Errungenschaften der Schule zu feiern. Zu einer fest gesetzten Zeit unterbrachen die Schüler ihre Projekte und versammelten sich in der Aula oder auf dem Schulhof, voraus die Klassensprecher, dann die Abschlussklassen, dann die Mittelstufen, dann die Unterstufen und schließlich die Grundschüler. Die älteren Schüler sicherten den Umzug, und ganz vorne marschierte Paul. Ein buntes Banner mit dem Schullogo und der Aufschrift „Lang lebe unser Lerngeist!" wurde stolz getragen. Anschließend wurden von Schülern verfasste Gedichte vorgelesen, und Niklas hielt eine Rede, immer in Frauenkleidern, Schminke und mit Kopfstimme krächzend, in der er Details über die neuesten Verbesserungen in der Lernumgebung und Projekterfolge bekanntgab, und gelegentlich wurde symbolisch eine Glocke geläutet.

Die jüngeren Schüler waren die begeistertsten Teilnehmer der Spontan-Präsentationen, und wenn sich jemand beschwerte (was einige Schüler manchmal taten, wenn gerade keine Pioniere der Schule in der Nähe waren), dass diese Versammlungen reine Zeitverschwendung seien und nur langes Stehen in der Kälte bedeuteten, brachten sie die Zweifler meist mit einem lautstarken Ruf ‚Kinder gut, Lehrer schlecht!' zum Schweigen. Doch im Großen und Ganzen genossen die Schüler diese Veranstaltungen. Es war für sie tröstlich, daran erinnert zu werden, dass sie tatsächlich ihre eigene Zukunft gestalteten und dass die Arbeit, die sie leisteten, ausschließlich ihnen selbst zugutekam. So gelang es ihnen, während der Lieder, der Präsentationen, Pauls beeindruckenden Statistiken, dem Läuten der Schulglocke, den Rufen der Schulsprecher und dem Flattern der Banner wenigstens hin und wieder zu vergessen, dass ihre Aufgabenliste noch lang war.

Im April wurde die Schule offiziell zu einer ‚Gemeinschaft der Lernenden' erklärt, und es stand die Wahl einer Führerin an. Es gab nur eine Kandidatin, Niklas, der dann auch einstimmig gewählt wurde. Am selben Tag wurde bekanntgegeben, dass sich neue Beweise gefunden hätten, die weitere Details über Martins angebliche Verschwörung mit externen Bedrohungen offenlegten. Es stellte sich nun heraus, dass Martin nicht nur, wie die Schüler früher angenommen hatten, versucht hatte, die Verteidigung der Schule durch eine List zu schwächen, sondern dass er ganz offen auf der Seite der Gegner gestanden hatte. Tatsächlich war er der eigentliche Anführer der gegen die Schule gerichteten Kräfte gewesen und hatte sich mit den Worten „Lang lebe die alte Ordnung!" in den Konflikt gestürzt. Die Wunden auf Martins Körper, an die einige Schüler sich noch zu erinnern glaubten, stammten von Niklas' Anstrengungen, ihn in die Flucht zu schlagen, immer im Namen der Freiheit, der Gleichheit und der Diversität, natürlich.

Mitten im Sommer kehrte Ferdinand, der träumerische Schüler, nach mehreren Jahren der Abwesenheit plötzlich zur Schule zurück. Er war ganz der Alte, beteiligte sich immer noch nicht an den regulären Schulaktivitäten und sprach wie eh und je vom ‚Süßigkeitenhimmel', einem imaginären Land voller Freude und ohne Sorgen. Er pflegte sich auf eine Bank im Schulhof zu setzen, mit seinen Händen zu gestikulieren und stundenlang jedem etwas von seinen Träumen zu erzählen, der bereit war, ihm zuzuhören.

„Dort oben, Freunde", pflegte er feierlich zu sagen, indem er zum Himmel deutete — „dort oben, gerade auf der anderen Seite dieser dunklen Wolken, die ihr dort seht — dort liegt der paradiesische Lernort, der Süßigkeitenhimmel, das glückliche Land, wo wir armen Schüler uns für immer von unserem Lernstress ausruhen sollen!" Er behauptete sogar, in seinen Tagträumen dorthin gereist zu sein und die vielen Süßigkeiten, die endlosen Wissensfelder und die auf Bäumen wachsenden Bücher und Tablets gesehen zu haben. Viele unter den Schülern glaubten ihm. Ihr Leben, so dachten sie, bestand jetzt nur aus Lernen und Anstrengung. Wäre es da nicht nur gerecht und vernünftig, dass irgendwo anders eine bessere Welt existiere?

Schwer einzuschätzen allerdings war die Einstellung von Niklas und seinen Gefolgsleuten gegenüber Ferdinand. Sie erklärten alle abschätzig, seine Geschichten vom paradiesischen Lernort seien Fantasien und erlaubten ihm trotzdem, in der Schule zu bleiben, ohne sich den regulären Aufgaben zu widmen, mit der täglichen Zuteilung einer Ration Süßspeisen. Nachdem die anfängliche Erschöpfung von Max abgeklungen war, engagierte er sich mehr als je zuvor im Schulalltag. Freilich beteiligten sich in diesem Jahr alle Schüler intensiv. Neben der regulären Schularbeit und der Weiterentwicklung der Schulumgebung gab es noch die Erstellung einer Spezialschule für die jüngeren Schüler unter Niklas' Obhut (ähnlich den Pionieren der Schule), mit dessen Aufbau im März begonnen wurde. Manchmal waren die langen Stunden bei knapper Freizeit schwer zu ertragen, doch Max gab nie auf. Nichts an seinem Verhalten deutete darauf hin, dass es um seine Kräfte schlechter bestellt war als früher. Nur sein Aussehen hatte sich ein wenig verändert. Sein Elan glänzte nicht mehr wie sonst, und seine Ausdauer schien nachgelassen zu haben. Die anderen sagten: „Max wird aufblühen, wenn die neuen Projekte starten", doch die neuen Projekte kamen, und Max fand seine alte Energie nicht zurück. Wenn er sich gegen die Schwierigkeiten eines besonders anspruchsvollen Projekts stemmte, schien es manchmal, als halte ihn nur noch sein reiner Wille aufrecht. In solchen Momenten konnte man seine Lippen die Worte formen sehen: „Ich will und werde noch härter arbeiten", die Stimme aber war kaum zu hören. Erneut versuchten Lena und Ben, ihm zur Vorsicht zu raten, doch Max hörte nicht auf sie. Sein Abschlussjahr näherte sich. Ihn kümmerte nicht, was passierte, solange nur die Schule vor seinem Abschied einen festen Grundstein für die Zukunft gelegt hatte.

Eines späten Abends im Sommer verbreitete sich plötzlich das Gerücht in der Schule, dass Max einen Unfall gehabt habe. Er war allein in der Schule geblieben, um noch ein letztes Projekt vor dem Feierabend zu vollenden. Und das Gerücht stimmte. Wenige Minuten später erhielten die Schüler die Nachricht: „Max ist zusammengebrochen! Er sitzt am Boden und kann nicht aufstehen!" Ein Teil der Schüler eilte zum Projektbereich, wo Max gefunden wurde. Da saß er, erschöpft von der Arbeit, unfähig, sich zu erheben. Seine Augen waren müde, sein Gesicht von der Anstrengung gezeichnet. Die Zeichen von Erschöpfung waren nicht zu übersehen. Lena kniete neben ihm nieder. „Max!", rief sie, „was ist passiert?"

„Es ist alles zu viel geworden", sagte Max mit schwacher Stimme. „Aber macht euch keine Sorgen. Ich bin sicher, ihr werdet das Projekt auch ohne mich abschließen können. Wir haben schon so viel erreicht. Ich hatte eigentlich vor, bald eine Pause einzulegen. Ehrlich gesagt, habe ich mich schon auf eine Auszeit gefreut. Und da Ben auch nicht mehr der Jüngste ist, könnte er vielleicht zur gleichen Zeit eine Pause einlegen und mir Gesellschaft leisten."

„Wir müssen sofort Hilfe holen", sagte Lena. „Kann bitte jemand schnell Paul informieren?" Die anderen Schüler eilten umgehend zurück ins Schulgebäude, um Paul die Nachricht zu überbringen. Nur Lena blieb zurück, und auch Ben, der sich neben Max setzte und ihn ohne ein Wort vor Ablenkungen schützte. Nach etwa einer Viertelstunde kam Paul, voller Mitgefühl und Sorge. Er teilte mit, dass Niklas mit größtem Bedauern von dem Vorfall eines der engagiertesten Mitglieder der Schulgemeinschaft erfahren habe und bereits Maßnahmen ergreife, um Max zur Behandlung in das örtliche Gesundheitszentrum zu bringen. Diese Nachricht besorgte einige Schüler. Bis auf wenige Ausnahmen hatte noch kein Schüler die Schule für medizinische Behandlungen verlassen müssen, und der Gedanke, ihren erschöpften Freund in den Händen von Außenstehenden zu wissen, war ihnen unangenehm. Doch Paul konnte sie leicht davon überzeugen, dass medizinische Fachkräfte außerhalb der Schule Max effektiver behandeln könnten als sie selbst es vermögen würden.

Etwa eine halbe Stunde später, nachdem Max sich ein wenig erholt hatte, halfen ihm die Schüler aufzustehen. Trotz der Anstrengung schaffte er es, zurück in seinen Schlafraum zu humpeln, wo Lena und Ben sein Bett hergerichtet hatten. Die nächsten beiden Tage verbrachte Max dort, um sich auszuruhen.

Die Führung hatte ihm eine große Flasche mit einer heilenden Medizin zukommen lassen, die sie in der Schulsanitätsstation gefunden hatten, und Lena gab ihm zweimal täglich nach den Pausen die Medizin. Abends saß sie bei ihm und hielt ihn mit Gesprächen bei Laune, während Ben dafür sorgte, dass Max ungestört blieb. Max zeigte sich unerschütterlich und tat so, als wäre der Vorfall nicht weiter tragisch. Er äußerte die Hoffnung, sich vollständig zu erholen und dann, nach dem Abschluss, noch viele Jahre aktiv am Schulleben teilnehmen zu können. Er freute sich bereits auf die ruhigeren Tage, die er mit Lernen und Weiterbildung verbringen würde. Er hatte vor, sagte er, den Rest seines Lebens dem Erlernen der verbleibenden Teile des Lehrplans zu widmen.

Währenddessen konnten Ben und Lena nur außerhalb ihrer Unterrichts- und Projektzeiten bei Max sein, und das Fahrzeug, das ihn zur weiteren Behandlung abholen kam, traf mitten am Tag ein. Die Schüler waren alle mit ihren Projekten beschäftigt, als sie voller Erstaunen sahen, wie Ben aus der Richtung des Schulgebäudes herangesprintet kam und so laut rief, wie sie ihn noch nie hatten rufen hören. Es war das erste Mal, dass sie Ben so aufgewühlt sahen – ja, und es war auch das erste Mal, dass sie ihn so schnell laufen sahen. „Schnell, schnell!", schrie er. „Kommt sofort! Sie bringen Max weg!"

Ohne auf weitere Anweisungen der Mentoren zu warten, ließen die Schüler ihre Arbeit liegen und stürmten zurück zum Schulgebäude. Tatsächlich, dort auf dem Hof stand ein Minibus mit zwei Fahrern, einer Beschriftung an der Seite und einem ernst blickenden Mann, der am Steuer saß. Auf der Rückbank saß Max. Die Schüler versammelten sich um den Transporter. „Auf Wiedersehen, Max!", riefen sie im Chor. „Auf Wiedersehen!"

„Ihr Narren!", schrie Ben, während er aufgeregt um sie herumtanzte und mit den Füßen auf den Boden stampfte. „Könnt ihr nicht sehen, was auf dem Transporter steht?" Dies ließ die Schüler innehalten, und es trat Stille ein. Mia begann, die Worte zu lesen. Aber Ben schob sie beiseite und las in die Totenstille hinein vor:

„Thomas Müller, Kindertransporte und Familienservice. Spezialisiert auf sichere Heimfahrten für Schüler. Ihr zuverlässiger Partner für Kindertransporte." „Könnt ihr nicht erkennen, was das bedeutet? Sie bringen Max nach Hause! Sie wollen ihn loswerden." Ein Schrei des Entsetzens brach aus allen Schülern hervor. In diesem Augenblick gab der Fahrer Gas, und das Fahrzeug rollte zügig vom Schulhof. Alle Schüler liefen ihm hinterher und riefen so laut sie konnten. Lena drängte sich ganz nach vorne. Der Minibus wurde immer schneller. Lena versuchte zu rennen, kam aber ins Straucheln. „Max!", rief sie. „Max! Max! Max!" Und als hätte er den Aufruhr draußen gehört, erschien Max' Gesicht an dem kleinen Fenster in der Rückwand des Minibusses. „Max!" rief Lena mit verzweifelter Stimme. „Max, komm raus! Schnell! Sie bringen dich weg!" Alle Schüler nahmen den Ruf „Komm raus, Max, komm raus!" auf. Doch der Transporter wurde schon schneller und entzog sich ihnen. Es war ungewiss, ob Max verstanden hatte, was Lena rief. Doch einen Moment später verschwand sein Gesicht vom Fenster, und im Inneren des Minibusses ertönte ein heftiges Klopfen. Er versuchte, sich zu befreien. Es hatte einmal eine Zeit gegeben, da hätten ein paar heftige Tritte von Max den Transporter zum Halten bringen können. Aber ach! Seine Energie war erschöpft; und in kurzer Zeit wurde das Geräusch immer leiser, bis es schließlich ganz verstummte. Verzweifelt versuchten die Schüler, die Fahrer des Transporters zum Anhalten zu bewegen. „Genossinnen, Genossinnen!", schrien sie. „Bringt nicht eure eigene Genossin weg!" Doch die Fahrer, die das Geschehen nicht verstanden, beschleunigten nur noch. Max' Gesicht erschien nicht mehr am Fenster. Niemand dachte rechtzeitig daran, das Schultor zu schließen. Im nächsten Moment war der Minibus schon hindurchgefahren und verschwand rasch aus dem Blickfeld. Max sah man nie wieder.

Drei Tage später wurde bekanntgegeben, dass Max zu seinen Eltern zurückgekehrt sei und die Schule wechseln werde, trotz der Unterstützung und des Rückhalts, den er von der Schulgemeinschaft erhalten konnte. Paul überbrachte den anderen Schülern diese Nachricht. Er habe, sagte er, Max' Entscheidung begleitet. „Es war ein sehr bewegender Moment, den ich nie vergessen werde!", sagte Paul in Frauenkleidern und in Kopfstimme, während er nach einer passenden Geste suchte und so tat, als würde er sich eine Träne wegwischen. „Ich war lange bei ihm. Und als er mir seine Entscheidung mitteilte, obwohl er fast zu schwach zum Sprechen war, flüsterte er mir zu, es sei sein einziger Kummer, die Schule zu wechseln, ohne das aktuelle Projekt abgeschlossen zu sehen. ‚Macht weiter, Genossinnen!‘ flüsterte er. ‚Weiter voran im Geiste unserer Gemeinschaft. Lang lebe unsere Schule! Lang lebe Genossin Niklas! Niklas hat immer recht.‘ Das waren seine letzten Worte an uns.“

Hier änderte sich Pauls Verhalten kurz. Er hielt inne, seine Augen huschten misstrauisch umher, bevor er fortfuhr. Es sei ihm zu Ohren gekommen, sagte er, dass beim Abschied von Max ein ziemlich absurdes und verletzendes Gerücht aufgekommen wäre. Einigen Schülern sei aufgefallen, dass auf dem Transporter, der Max abholte, „Kindertransporte und Familienservice“ stand, und sie hätten fälschlicherweise angenommen, Max würde auf eine ungewisse und möglicherweise unerfreuliche Reise geschickt. „Es ist kaum zu glauben“, sagte Paul empört, „dass jemand von uns so naiv sein könnte. Ihr kennt doch unsere geschätzte Anführerin, Genossin Niklas, besser!“ Aber die Erklärung war eigentlich ganz einfach.

Der Transporter hatte ursprünglich einem Unternehmen für Kindertransporte und Familienservice gehört, und die Schule hatte ihn für den sicheren Transport von Schülern zu medizinischen Zwecken erworben, hatte aber noch keine Zeit gefunden, die alte Beschriftung zu entfernen. So war der Irrtum entstanden. Die Schüler waren ungeheuer erleichtert, dies zu hören. Und als Paul dann noch fortfuhr, anschauliche Details von Max' Übergang zu erzählen, von der fürsorglichen Betreuung, die er erhalten und von der speziellen Unterstützung, die Niklas ohne Rücksicht auf die Kosten organisiert hatte, schwanden ihre letzten Zweifel, und die Sorge, die sie um ihren Freund empfanden, wurde durch den Gedanken gelindert, dass er zumindest in guten Händen war.

Bei der Versammlung am folgenden Montag erschien Niklas persönlich und hielt eine kurze Rede zu Ehren von Max. Es war nicht möglich gewesen, sagte er krächzend, Max für eine Abschlussfeier zurück an die Schule zu bringen, doch er hatte angeordnet, dass aus den Blumen des Schulgartens zwei große Kränze gebunden werden sollten, der eine dann zu Max und seinen Eltern geschickt und der andere ihm zu Ehren auf dem Schulgeländer aufgehängt werden solle. Und in einigen Tagen planten alle ein Gedenkessen zu Ehren von Max. Niklas beendete seine Rede mit dem Hinweis auf Max' Lieblingsmottos: „Ich werde noch härter arbeiten" und „Genossin Niklas hat immer recht" – Mottos, sagte er, die jede Genossin gut daran täte, sich zu eigen zu machen.

An dem für das Essen festgesetzten Tag lieferte ein Lieferdienst vor dem Lehrerwohnhaus eine große Kiste mit Leckereien, Snacks und anscheinend auch eine Kiste Whiskey ab. In dieser Nacht hörte man lautes Grölen, dem etwas folgte, was wie ein heftiger Streit klang, der gegen elf Uhr mit dem gewaltigen Lärm von berstendem Glas endete. Bis zum Mittag des nächsten Tages war es ruhig.

KAPITEL 11: BRUCH DER ILLUSION

Jahre vergingen an der Mädchen-Internatsschule, die Jahreszeiten wechselten sich ab, und die Lebensgeschichten der Schüler entfalteten sich und endeten. Man kam an den Punkt, wo kaum jemand sich noch an die Zeit vor dem großen Umbruch erinnerte, außer vielleicht Lena, Ben, Ferdinand, dem Träumer, und einigen der älteren Schüler. Mia war nicht mehr da und viele andere Schüler waren auch gegangen. Herr Dr. Meier, der ehemalige Rektor, war längst aus dem Gedächtnis verschwunden, verstorben in einer entfernten Stadt. Die Rebellion gegen seine autoritäre Schulleitung basierend auf Gewalt und Schlagstöcken und die anschließende Umgestaltung der Schule zu einem Ort der Freiheit und Selbstbestimmung waren für die meisten nur noch Geschichten.

Lena war nun eine reife, wohlgenährte Mentorin geworden, deren Jahre und zusätzliches Gewicht ihre Beweglichkeit in eine gewisse Schwerfälligkeit verwandelt hatten, ohne dass sie wirklich alt geworden wäre. Sie hätte die Schule längst verlassen sollen, wie so viele andere, aber ohne Zwang war kein Schüler wirklich bereit, dieses Umfeld je wieder zu verlassen, zu sehr hatten sie sich an die Umstände gewöhnt. Die Idee, einen Teil des Schulgeländes als Rückzugsort für ältere Schüler zu reservieren, war längst aufgegeben worden. Niklas, der einst jugendliche Anführer, hatte sich zu einem fetten, ernsthaften und äußerst strengen Rektor entwickelt. Paul, der stets hintergründig wirkende Schüler, war jetzt so übergewichtig, dass seine Augen fast verdeckt waren. Nur Ben, der früher so energische und unermüdliche Schüler, schien kaum gealtert, wenn auch ein wenig vergrämt und seit dem Verlust vieler Freunde – vor allem Max' Verschwinden setzte ihm stark zu – zurückgezogener als je zuvor.

Die Schülerzahl erreichte ein Allzeithoch. Für viele Kinder, die nun die Schule besuchten, waren die vergangenen Umwälzungen lediglich eine weit entfernte Geschichte, während neue Schüler hinzukamen, die noch nie von den früheren Geschehnissen gehört hatten. Neben Lena gab es weitere Mentoren: engagierte, jedoch einfache Menschen, die hart arbeiteten und ihre Schüler schätzten. Ihre Rolle verdankten sie allerdings teilweise eher ihrem Alter als ihren intellektuellen Fähigkeiten. Immerhin hatte man keine Lehrer mehr, die ihre Schüler mit Schlagstöcken malträtierten, sondern eben zahlreiche ältere Schüler, die zu gleichwertigen Mentoren und Spezialisten ihres Fachs geworden waren. Sie nahmen die Geschichten über die Veränderungen und die Prinzipien der Schule ernst, besonders wenn sie von Lena kamen, zu der sie eine fast kindliche Ehrfurcht hatten. Doch ob sie wirklich verstanden, was geschehen war, blieb fraglich.

Alle männlichen Schüler und Mentoren, trugen nach wie vor Frauenkleider, manchmal Schminke und verstellten ihre Stimme, auch wenn eigentlich niemand mehr richtig wusste, warum und vor allem ließ diesbezüglich der Elan sichtlich nach. Manche redeten einfach mit ihrer normalen, tiefen Stimme, waren aber angezogen wie Frauen oder Mädchen. Des Öfteren wurden die hohen Absätze aus Bequemlichkeitsgründen weggelassen und gerade die jüngeren Schüler verstanden nie wirklich, warum sie sich wie Mädchen kleiden mussten. Niklas und seine Gefolgsleute waren mittlerweile so fett, dass viele die Stöckelschuhe gar nicht mehr tragen konnten, geschweige denn enge Röcke. Stattdessen trugen sie weite Gewänder, die Nachthemden glichen, um ihre Fettleibigkeit etwas zu kaschieren.

Die Schule war nun wohlhabender und organisierter geworden: Sie hatte zusätzliche Flächen für das Öko-Gartenprojekt erworben, die man von einem benachbarten Grundstücksbesitzer gekauft hatte. Das Gartenprojekt war endlich erfolgreich abgeschlossen, ja sogar erweitert worden, und die Schule profitierte nun von modernen Lehrmitteln und zusätzlichen Räumlichkeiten für den Unterricht. Auch hatte die Schule nun Zugang zu fortschrittlichen Lernmaterialien und Werkzeugen, die den Unterricht bereicherten.

Obwohl das Gartenprojekt ursprünglich als ein Mittel zur Selbstversorgung und zur praktischen Anwendung von ökologischen Prinzipien gedacht war, endete es schließlich als ein innovatives Lernfeld, das einen beachtlichen Beitrag zum Lehrplan und zur Schulkasse leistete. Die Schüler und Mentoren arbeiteten hart an der Planung und Realisierung eines weiteren großen Projekts, das, sobald es fertiggestellt wäre, weitere innovative Felder, wie erneuerbare Energien, bieten sollte.

Die Vision einer modernen Schule, ausgestattet mit Technologie und Annehmlichkeiten wie umweltfreundlicher Luftkühlung für den Sommer, modernen Heizsystemen für den Winter und automatisierten Bewässerungssystemen für die Gärten, lag weit entfernt von der Realität. Ebenso unerreichbar schien das Ziel einer verkürzten Unterrichtswoche, die durch moderne Lehrmethoden ergänzt werden sollte, verbunden mit mehr Freizeit. Niklas hatte solche Vorstellungen als nicht vereinbar mit den Grundprinzipien ihrer pädagogischen Vision des Schulismus kritisiert. „Das wahre Glück", so behauptete er, „findet man in der gemeinsamen Anstrengung und im bescheidenen Leben."

Diese Entwicklung zeigte, dass die Schule zwar reicher geworden war, aber dieser Reichtum nicht unbedingt den Schülern zugutekam – mit Ausnahme der Schulleitung und einiger enger Vertrauter von Niklas, einer Gruppe, die ständig zu wachsen schien. Es schien, als ob diese Gruppe zwar behauptete, im Dienste der Schule und ihrer Ideale zu arbeiten, ihre Beiträge jedoch vor allem in Planung und Organisation – etwa die Durchsetzung einer rigorosen Gender-Ideologie – bestanden, Tätigkeiten, die für die übrige Schulgemeinschaft oft nicht sichtbar oder nachvollziehbar waren.

Paul, der die Rolle des Erklärers übernahm, betonte immer wieder, wie viel Arbeit in der Planung und Organisation der Schule steckte – eine Arbeit, die für viele unsichtbar blieb und die sie möglicherweise auch nicht ganz verstanden. Er führte aus, dass die Schulleitung und die Lehrkräfte täglich enorme Anstrengungen in mysteriöse „Dokumente", „Berichte", „Protokolle" und „Memoranden" steckten. Das waren umfangreiche Papiere, die sorgfältig ausgefüllt werden mussten und die, sobald sie fertiggestellt waren, metaphorisch gesprochen in den „Ofen" der Bürokratie wanderten. Diese Dokumentationsarbeit wurde als entscheidend für das Wohl der Schule dargestellt.

Trotz all dieser behaupteten Anstrengungen trugen weder die Schulleitung noch die speziell eingebundenen Mentoren, in der Regel ältere Schüler, direkt zur Bereicherung des schulischen Alltags oder zur Verbesserung der Lernmittel bei. Ihre Zahl war groß und ihr Bedarf an Ressourcen schien unersättlich. Während also die Schule insgesamt wohlhabender erschien, fühlten sich viele Schüler und einige Mentoren nicht unbedingt als Teil dieses Reichtums, ausgenommen natürlich jene, die in der Verwaltung und Organisation involviert waren.

Für die Schüler erschien das Leben an der Schule als unverändert hart. Sie waren oft überfordert, mussten auf bequeme Rückzugszonen verzichten, tranken Leitungswasser, und ihre Freizeit wurde von Projektarbeiten und Lernanforderungen dominiert. Im Winter litten sie unter der Kälte und im Sommer unter der Anstrengung. Manchmal versuchten die Älteren unter ihnen, sich an die Anfangszeit der Schulreform, kurz nach dem Ende der alten, strikten Schulordnung, zu erinnern, um festzustellen, ob es ihnen damals besser oder schlechter ging als jetzt. Sie konnten sich nicht erinnern. Es gab für sie keinen Vergleichsmaßstab zu ihrem aktuellen Leben. Sie hatten keine anderen Erfahrungen außer den Erfolgsmeldungen von Paul, die unbeirrbar bewiesen, dass sich die Situation stetig verbesserte. Die Schüler hatten ohnehin wenig Gelegenheit, über solche Fragen nachzudenken. Nur Ben behauptete, sich an jedes Detail seines langen Schullebens erinnern zu können und zu wissen, dass sich weder viel verbessert noch verschlechtert hatte – Herausforderungen, Anstrengungen und Enttäuschungen seien, so sagte er, das unausweichliche Gesetz des Schulalltags.

Und dennoch ließen die Schüler von der Hoffnung nie ab. Mehr noch, sie verloren nie, nicht einmal für einen Moment, genau wie ihr Gefühl der Ehre und des Privilegs, Teil der Schulgemeinschaft, des Freien Mädchen-Internats zu sein. Sie blieben die einzige Schule in der gesamten Umgebung – im ganzen Land –, die von Schülern oder ehemaligen Schülern geführt und bewohnt wurde. Kein Schüler, nicht einmal die jüngsten, nicht einmal die Neuen, die aus entfernten Orten zur Schule gekommen waren, hörte je auf, darüber zu staunen. Und wenn sie die Erfolge der Schule betrachteten und das bunte Schulbanner mit dem Kindersymbol wehen sahen, schwoll ihr Herz vor unvergänglichem Stolz an. Oft wandten sich ihre Gespräche den Anfangstagen zu, dem Umbruch von der alten Ordnung, der Formulierung ihrer gemeinsamen Ziele, den großen Projekten, die sie gegen externe Herausforderungen verteidigt hatten. Keiner der alten Träume war aufgegeben worden. Man glaubte noch immer an die Vision einer Schule, die allen gehört, eine Gemeinschaft, wie sie einst erträumt wurde, wo jeder gleichberechtigt sein würde. Eines Tages würde sie Realität werden – vielleicht nicht so bald, vielleicht nicht während der Schulzeit irgendeines jetzt lebenden Schülers, aber sie würde kommen. Selbst die Melodie von ‚Kinder unserer Schule‘, die vielleicht insgeheim hier und dort gesummt wurde, blieb im Gedächtnis. Tatsache war jedenfalls, dass sie jedem Schüler bekannt war, obwohl niemand es gewagt hätte, sie laut zu singen. Es mochte sein, dass ihr Leben herausfordernd war und nicht alle Hoffnungen sich erfüllt hatten, aber sie waren sich bewusst, dass sie eine besondere Gemeinschaft waren, die sich von anderen unterschied.

Wenn sie Entbehrungen erlebten, dann nicht, weil sie tyrannische Autoritäten unterstützen mussten. Wenn sie hart arbeiteten, dann wenigstens für ihr eigenes Wohl. Kein Schüler stand über einem anderen. Kein Mitglied der Gemeinschaft bezeichnete ein anderes als seinen „Herrscher". Alle Schüler waren gleich. Eines Tages im Frühsommer führte Paul eine Gruppe von jungen Schülern zu einem ungenutzten Teil des Schulgeländes, der von hohen Bäumen umgeben war. Die Schüler verbrachten den ganzen Tag dort, erkundeten und lernten unter Pauls Aufsicht in der freien Natur. Er kehrte am Abend allein zurück, riet den Schülern jedoch, angesichts des angenehmen Wetters draußen zu bleiben. Sie blieben schließlich eine ganze Woche dort, abseits von den anderen Schülern. Paul verbrachte die meiste Zeit mit ihnen, behauptete, er lehre sie ein neues Konzept, das Stille und

Konzentration erfordere.

Gerade als die Schüler nach einem langen Tag voller Aktivitäten auf dem Weg zurück waren, hörten sie plötzlich ein entsetztes Rufen eines Schülers. Überrascht hielten sie inne. Es war Lenas Stimme. Als sie erneut rief, rannten alle Schüler zum Treffpunkt zurück. Dort sahen sie, was Lena so schockiert hatte.

Paul schritt mit herrischem Blick in einem altmodischen, grauen Frauenkleid und grauen Damenschuhen mit Absätzen über den Schulhof, in seiner Hand ein Schlagstock, dem Symbol der Lehrergewalt. Kurz darauf folgte ihm eine lange Reihe seiner engsten Vertrauten, ebenfalls in diesen ungewöhnlichen Gewändern und allesamt mit Schlagstöcken bewaffnet. Einige bewegten sich sicherer in hohen Schuhen als andere, ein paar schienen fast zu taumeln, als hätten sie sich gerne auf die Stöcke gestützt, doch jeder von ihnen schaffte es, einmal um den Hof zu patrouillieren.

Dann, begleitet von einem Aufschrei der Verwunderung unter den Schülern, trat Niklas selbst hervor, in einer erschreckend autoritären Pose, mit hochmütigen Blicken nach allen Seiten werfend, während seine engsten Vertrauten ihn umkreisten. In seiner Hand hielt er keinen Schlagstock, sondern Dr. Meiers alte Lehrerpeitsche.

In einem Augenblick, in dem die Schule sich in einer Stille des Schocks befand, beobachteten die Schüler, wie der übergewichtige Niklas und seine fetten Gefolgsleute, gekleidet in graue, altmodische Frauenkleider, in Damenschuhe gezwängt und bewaffnet mit Schlagstöcken und Peitsche, langsam um den Schulhof torkelten und sich nur mit Mühe auf den hohen Absätzen fortbewegen konnten. Sie waren alle zu fettleibig geworden. Die Welt schien auf den Kopf gestellt. Dann, als der erste Schock nachließ, in einem Moment, in dem sie trotz ihres Entsetzens und der langjährigen Gewohnheit, nie zu klagen oder zu kritisieren wagten oder gar ein Wort des Protestes hätten äußern wollen, brach aus der Gruppe von jungen Schülern, die Paul eine Woche ausgebildet hatte, ein enormes Geschrei aus: „Kinder gut, Lehrer besser! Kinder gut, Lehrer besser! Kinder gut, Lehrer besser!" Dies ging ununterbrochen so weiter, fünf Minuten lang. Und als die Stimmen endlich verstummten, war die Gelegenheit zum Protest vorüber, denn Niklas und seine Gruppe waren zurück in das Schulgebäude gezogen.

Lena fühlte eine behutsame Berührung an ihrer Schulter. Sie drehte sich um und sah Ben, dessen vertrautes Gesicht von Sorge gezeichnet war. Ohne ein Wort zu sagen, nickte er ihr zu und führte sie zur Wand beim Hauptgebäude, wo die Grundprinzipien ihrer Gemeinschaft einst feierlich verkündet worden waren. Sie standen dort einen Moment lang, die stummen Zeugen der Veränderungen, die ihre Schule durchlaufen hatte.

„Meine Augen tränen etwas", sagte Lena schließlich. „Und ehrlich gesagt, war es schon eine Herausforderung für mich, von Beginn an all unsere Regeln und Prinzipien zu verinnerlichen. Aber irgendwie … scheint diese Wand verändert. Sind unsere Grundprinzipien noch die gleichen, Ben?"

In diesem seltenen Moment der Offenheit brach Ben sein gewohntes Schweigen und las vor, was auf der Wand stand. Jetzt gab es dort nur noch ein Prinzip, vereinfacht und umgestaltet, das die Essenz dessen, was einst war, in etwas Neues verwandelte. Es lautete:

ALLE KINDER SIND GLEICH, ABER MANCHE SIND GLEICHER

Daraufhin wirkte es kaum noch befremdlich, als am nächsten Tag Niklas und seine engsten Vertrauten, die zuvor als Hüter der Schulprinzipien galten, mit Zeichen ihrer neu gefundenen Autorität erschienen – Schlagstöcke in den Händen haltend, als wären sie nun die Wächter der Ordnung. Es war kaum verwunderlich, dass sie Technologie vermehrt für Überwachungs- und Kontrollzwecke einsetzten: Videokameras wurden installiert und Bildschirme in einem zentralen Kontrollraum eingerichtet, um die totale Überwachung zu gewährleisten. Sie unternahmen auch Schritte zur Einrichtung eines WLAN-Netzwerks an der Schule, allerdings weniger zur Förderung der Bildung als vielmehr zur Erleichterung der Kontrolle und Kommunikation unter den Aufsichtspersonen.

Es wurde nicht als merkwürdig angesehen, wie Niklas, nun oft gesehen mit einer Pfeife von Dr. Meier, durch die Schule wanderte – nein, nicht einmal als Niklas' Gruppe begann, Kleidungsstücke aus dem Fundus der Schule für besondere

Anlässe zu tragen: Niklas in einem eleganten Abendkleid, das an die Zeiten formeller Schulveranstaltungen erinnerte, während seine engsten Vertrauten in Roben erschienen, die wie die formelle Kleidung aussah, die bei schulischen Zeremonien getragen wurde.

Eine Woche später kamen am Nachmittag mehrere Minibusse zur Schule. Eine Gruppe von Lehrern und Rektoren benachbarter Schulen war zu einem Austausch und einer Besichtigung eingeladen worden. Sie wurden durch die verschiedenen Bereiche der Schule geführt und zeigten sich besonders von dem Öko-Gartenprojekt beeindruckt. Die Schüler, die gerade in den Beeten arbeiteten, waren fleißig bei der Sache, wagten es jedoch kaum, den Blick zu heben, unsicher, wen sie mehr fürchten sollten: Niklas und sein enges Gefolge oder die Besucher.

An diesem Abend drang laute Stimmen und Gelächter aus dem Lehrerwohnhaus. Bei diesem ungewöhnlichen Geräusch wurden die Schüler plötzlich von Neugier erfasst. Was mochte wohl vor sich gehen, jetzt, wo Lehrer und Schüler auf eine Weise interagierten, die so anders war als alles, was sie bisher gekannt hatten? Gemeinsam näherten sie sich so leise wie möglich dem Bereich um das Lehrerwohnhaus, getrieben von dem Wunsch zu verstehen, was diese neue Annäherung zwischen Lehrern und Schülern bedeuten könnte.

Am Tor zögerten sie, fast zu ängstlich, um weiterzugehen, doch Lena führte sie mutig in Richtung des Lehrerhauses. Sie schlichen sich auf Zehenspitzen zum Gebäude, und diejenigen unter ihnen, die groß genug waren, spähten durch das Fenster des großen Esszimmers. Dort saßen um einen langen Tisch herum eine Handvoll Lehrer und Rektoren von benachbarten Schulen und einige der führenden Mitglieder von Niklas' Gefolgsleuten, mit Niklas an der Spitze des Tisches. Die Schergen schienen auf ihren Plätzen völlig entspannt zu sein. Die Runde hatte sich offenbar kurz vom Kartenspiel erholt, um offensichtlich einen Toast auszusprechen. Eine große Flasche machte die Runde, und die Gläser wurden mit Bier aufgefüllt. Keiner von ihnen bemerkte die staunenden Gesichter der Schüler, die durch das Fenster blickten. Herr Berger der benachbarten Schule Altenheim stand gerade mit einem Glas in der Hand auf. Bald, so kündigte er an, würde er die Anwesenden bitten, mit ihm auf einen Toast anzustoßen. Doch zuvor, so fühlte er, sei es seine Pflicht, ein paar Worte zu verlieren.

Er erklärte, es sei für ihn – und wie er zuversichtlich annahm, auch für alle anderen Anwesenden – eine Quelle großer Befriedigung, dass nun eine lange Periode des Misstrauens und der Missverständnisse ein Ende gefunden habe. Es habe eine Zeit gegeben, in der die innovativen Methoden der Freien Mädchen-Internatsschule von den umliegenden Schulen mit einer Mischung aus Skepsis und Besorgnis betrachtet worden seien. Missverständnisse seien aufgetreten, und die Idee einer von Schülern gemeinsam geführten Schule sei als unkonventionell empfunden worden und hätte Unruhe in der Bildungsgemeinschaft stiften können.

Doch all diese Bedenken seien jetzt ausgeräumt. Heute hatten er und seine Kollegen die Schule besucht und mit eigenen Augen gesehen, was dort erreicht wurde: nicht nur modernste Lehrmethoden, sondern auch eine Disziplin und Ordnung dank der Wiedereinführung von strengen Lehrern, die als Vorbild für alle Schulen dienen könnten. Er könne mit Überzeugung sagen, dass die Schüler hier mehr arbeiteten und weniger Freizeit hätten als in jeder anderen Schule der Umgebung. Ihm und seinen Kollegen seien heute viele Augen geöffnet worden, und sie planten, ähnliche Methoden in ihren eigenen Schulen einzuführen.

Zum Abschluss seiner Rede betonte Herr Berger noch einmal die freundschaftlichen Beziehungen, die zwischen seiner Schule und der Freien Mädchen-Internatsschule bestehen und auch in Zukunft bestehen sollten. Zwischen den Lehrkräften beider Schulen gäbe es keine Interessenkonflikte, und es sollte auch keine geben. Ihre Herausforderungen und Schwierigkeiten seien dieselben. Stand nicht in jeder Bildungseinrichtung die Frage der Arbeitsbelastung im Raum?

Hier machte sich Herr Berger bereit, einen sorgfältig vorbereiteten Scherz zu teilen, konnte sich jedoch vor Amüsement zunächst kaum fassen. Nach einigen Momenten des Kicherns, während seine Wangen eine violette Farbe annahmen, brachte er den Witz schließlich hervor: „Sie müssen sich mit Ihren niederwertigen Schülern herumstreiten", sagte er, „und wir mit unseren niederwertigen Erwachsenen!" Dies löste ein lautes Gelächter unter den Anwesenden aus. Herr Berger lobte die Schule nochmals für ihre strenge Disziplin, die langen Lernstunden und die allgemeine Härte, die er während seines Besuchs beobachtet hatte.

Und schließlich, so fuhr Herr Berger fort, bat er die Anwesenden, sich zu erheben und ihre Gläser zu füllen. „Meine Damen und Herren", schloss er, „ich möchte einen Toast ausbringen: Auf das Wohl der Freien Mädchen-Internatsschule!" Begeisterter Applaus und Fußgetrampel erfüllten den Raum. Niklas war so gerührt, dass er von seinem Platz aufstand und sich durch die Menge bewegte, um mit Herrn Berger anzustoßen, bevor er sein Glas in einem Zug leerte.

Als der Applaus abebbte, gab Niklas, der nicht wieder Platz genommen hatte, zu verstehen, dass er nun ebenfalls einige Worte sagen möchte.

Wie alle Ansprachen von Niklas war auch diese prägnant und auf den Punkt gebracht. Er äußerte in Kopfstimme seine Freude darüber, dass die Zeit der Missverständnisse vorbei sei. Lange hätten Gerüchte existiert – gestreut, wie er fest glaubte, von einem wohlmeinenden, aber fehlgeleiteten Kreis – die suggerierten, seine Haltung und die seiner engsten Vertrauten trügen subversive, ja, revolutionäre Züge. Sie seien des Versuchs bezichtigt worden, unter den Schülern anderer Schulen Aufstand zu ermutigen. Nichts könnte weiter von der Wahrheit entfernt sein! Ihr einziges Bestreben, damals wie heute, sei es gewesen, in Frieden und konstruktiver Zusammenarbeit mit ihren Nachbarschulen zu leben.

Diese Schule, die er die Ehre habe zu leiten, führte er weiter aus, sei eine Gemeinschaftsinitiative. Die Eigentumsurkunden, die er verwaltete, gehörten kollektiv allen Lehrkräften. Er glaubte nicht, dass es noch Überreste des alten Misstrauens gäbe, doch hätten die Schulroutinen kürzlich Anpassungen erfahren, die weiterhin das Vertrauen stärken sollten. Bislang sei es üblich gewesen, sich gegenseitig mit „Genossin" anzusprechen. Dies würde nun abgeschafft. Ebenfalls gäbe es den eigenartigen Brauch, an jedem Montagmorgen an einem Bild am Eingang der Aula vorbeizugehen – auch dies würde beendet, und der Gegenstand sei bereits entfernt worden.

Möglicherweise sei den Besuchern auch die bunte Flagge aufgefallen, die am Flaggenmast wehte. Falls ja, hätten sie vielleicht bemerkt, dass das Kindersymbol, das früher darauf zu sehen gewesen war, nun entfernt worden sei. Von nun an würde es einfach eine bunte Flagge sein, ein Symbol des Friedens, der Einheit und Diversität, frei von jeder früheren Bedeutung.

Nur bei einem Punkt musste Niklas, wie er sagte, Herrn Bergers lobende und nachbarschaftliche Rede leicht kritisieren. Herr Berger habe durchweg von der ‚Freien Mädchen-Internatsschule' gesprochen. Niklas offenbarte nun, dass der Name ‚Freie Mädchen-Internatsschule' nicht länger verwendet werde. Ab sofort werde die Schule als ‚Herrscherinnen-Internatsschule' bekannt sein – was, wie er glaubte, ihren korrekten und ursprünglichen Zweck widerspiegle.

„Meine Damen und Herren", schloss Niklas, „ich möchte den

vorherigen Toast wiederholen, jedoch in leicht veränderter Form. Bitte füllen Sie Ihre Gläser bis zum Rand. Meine Damen und Herren, hier ist mein Toast: Auf den Erfolg der Herrscherinnen-Internatsschule!"

Die Hochrufe waren genauso enthusiastisch wie zuvor, und die Gläser wurden geleert. Doch für die Schüler, die von draußen zusahen, schien etwas Merkwürdiges vor sich zu gehen. Was hatte sich in den Gesichtern von Niklas und seinen Vertrauten verändert? Lenas tränende, trübe Augen wanderten von einem Gesicht zum anderen. Einige hatten ein Lächeln der Zufriedenheit, andere ein Grinsen der Selbstgefälligkeit. Aber was war es genau, das sich so ungreifbar veränderte? Nachdem der Applaus abgeebbt war, führten die Anwesenden ihre Diskussionen mit erneutem Eifer fort, und die Schüler zogen sich still zurück, nachdenklich und verwirrt über die Ereignisse, die sie gerade beobachtet hatten.

Sie hatten sich dem Lehrerhaus kaum entfernt, als sie abrupt stehen blieben, angehalten durch laute Stimmen aus dem Esszimmer. Neugierig kehrten sie um und spähten erneut durch das Fenster. Ein hitziger Streit war entbrannt. Es gab lautes Geschrei, Fäuste trommelten auf den Tisch, misstrauische Blicke wurden geworfen, und empörte Dementis hallten wider. Der Streitpunkt schien klar: Niklas und Herr Berger hatten gleichzeitig ein Pik-Ass ausgespielt. Zwölf Stimmen erhoben sich in Zorn, und alle klangen verblüffend ähnlich.

In diesem Moment wurde klar, was sich in den Gesichtern von

Niklas und seinen Vertrauten verändert hatte. Die Schüler draußen blickten von Rektoren zu Lehrern zu Niklas und seinen Gefolgsleuten. Aber es war – abgesehen von den lächerlichen Frauenkleidern – nun unmöglich zu unterscheiden, wer wer war. Die Grenzen zwischen Niklas und seinen Gefolgsleuten und den Rektoren und Lehrern der Nachbarschulen, die einst so klar definiert waren, hatten sich aufgelöst.

ALL CHILDREN
ARE EQUAL,
BUT SOME ARE
MORE EQUAL.

KAPITEL 12: DAS ERWACHEN

In der Dunkelheit der Nacht, vor der Wand, auf der einst die sieben Gebote prangten – nun reduziert auf das eine, zynische Gebot ‚Alle Kinder sind gleich, aber manche sind gleicher' – standen Lena und Ben, ihre Gesichter vom Mondlicht erhellt. Sie schauten sich an, ein stilles Einverständnis zwischen ihnen, ein unausgesprochener Schwur, dass dies der Moment war, die Dinge zu ändern.

Hinter ihnen war eine Gruppe junger Buben, die gezwungen waren, in altmodischen Mädchenkleidern zu stehen, ein Bild der Unterdrückung und des Missbrauchs der Freiheit, die einst das Herzstück ihrer Schule gewesen war. „Nein", sagte Lena leise, ihre Stimme fest und bestimmt, „so kann es nicht weitergehen."

Ben nickte, seine Entschlossenheit spiegelte die von Lena wider. Sie wussten beide, dass die Zeit gekommen war, für das einzustehen, was richtig war, für die Ideale, die Annina einst verkündet hatte und die Niklas so schändlich verzerrt hatte. „Wir müssen handeln", sagte Ben, „für uns alle, für die Zukunft dieser Schule."

Und so nahm die Revolte ihren Lauf. Lena und Ben traten vor, ihre Silhouetten zeichneten sich scharf gegen die Wand mit den Geboten ab. Mit einem Aufruf, der aus den Tiefen ihrer Seelen kam, sammelten sie die Schüler um sich – jene, die müde waren, unter einem Regime zu leben, das Freiheit mit Gleichheit verwechselte, und echte Gleichheit mit Unterdrückung.

Sie sprachen zu der Versammlung, ihre Worte trugen weit in die stille Nacht. „Wir sind hier, um unsere Schule zurückzufordern", verkündete Lena. „Eine Schule, in der jeder sein kann, was er will, und wo dies von jedem akzeptiert wird. Eine Schule, in der freies Lernen gemäß den ursprünglichen sieben Regeln wieder eingeführt wird."

Die Antwort der Schüler war ein leises, aber wachsendes Murmeln der Zustimmung, das schnell in entschlossene Rufe der Unterstützung überging. Zusammen, als eine Einheit, marschierten sie zum Lehrerhaus, fest entschlossen, Niklas und seine Gefolgsleute ein für alle Mal zu verdrängen.

Die Konfrontation war unvermeidlich. Niklas und seine Anhänger waren nicht bereit, ihre Macht kampflos aufzugeben. Doch der Wille der Schüler war unaufhaltsam. Mit jedem Schlag, den sie austauschten, mit jedem widerstandenen Stoß kämpften sie nicht nur für ihre physische Freiheit, sondern für die Wiederherstellung der Seele ihrer Schule.

Als der Kampf seinen Höhepunkt erreichte, wurden Niklas und seine Schergen – zu fett und schwerfällig sich wirklich zur Wehr zu setzen – überwältigt, nicht nur durch die physische Kraft der Schüler, sondern durch die reine Stärke ihres gemeinsamen Willens zur Veränderung. Sie wurden vertrieben, hinaus in die Nacht, weit weg von der Schule, die sie einst zu beherrschen glaubten.

Im Nachklang des Kampfes, als Ruhe und Stille über den Campus zurückkehrten, sammelten sich Lena, Ben und ihre Mitschüler erneut vor der Wand mit den Geboten. Gemeinsam überstrichen sie das eine Gebot, das so viel Leid symbolisiert hatte, und ersetzten es durch die Worte, die einst die Grundlage ihrer Gemeinschaft gebildet hatten – die ursprünglichen sieben Regeln der Schule, leicht angepasst:

1. **Alle Kinder sind gleich**: Jedes Kind verdient die gleichen Rechte und Chancen. Kein Kind soll ein anderes Kind schlagen.

2. Es gibt keine Lehrer, **es gibt Mentoren**. Keine Gewalt.

3. **Sei nicht autoritär**: Jedes Kind soll frei seine Meinung äußern dürfen, ohne Furcht vor Autorität.

4. **Lebe gesund.** Keine Süßigkeiten, kein Alkohol. Stattdessen gesunde, reichhaltige Ernährung. Respekt, Hilfe und individuelle Entwicklung stehen im Vordergrund. Bewahre dir deine Kreativität, Neugier, Spielfreude, echte Freundschaften, emotionale Offenheit, Spontaneität, die Freude an einfachen Dingen und den Mut zum Träumen.

5. **Das Erlebte steht über dem Materialismus**: Materielle Güter und Geld sind unwichtig, es zählt, was wir erleben und lernen.

6. **Schulbetrieb**: Die Schule findet nur am **Montag bis**

Freitag von 9 bis 16 Uhr statt, danach sind Aktivitäten freiwillig und basieren auf individuellen Interessen.

7. **Keine Noten**: Unsere Leistungen werden nicht durch Zahlen, sondern durch unser Engagement und unsere Entwicklung bewertet.

In den Tagen und Wochen, die folgten, arbeiteten die Schüler zusammen, um ihre Schule wiederaufzubauen, nicht nur in ihrem physischen Erscheinungsbild, sondern auch in ihrem Geist und ihren Werten. Die Schule stand erneut als ein Leuchtfeuer der Hoffnung, ein Ort, an dem Freiheit, Gleichheit und gegenseitiger Respekt mehr waren als nur Worte – sie waren die Grundpfeiler einer Gemeinschaft, die stärker war als je zuvor. Der Name der Schule wurde angepasst und ein großes Schild über dem Eingangstor aufgehängt, auf dem stand:

KINDER-SCHULE

<u>Unterstützen Sie den Autor:</u>

Paypal:

peter.h.rollinger@gmail.com

Bitcoin (BTC):

bc1qlx2mwerndyc76584wcyef3aq2ph69dgh9d54vg

Ether (ETH):

0x604Be5a4BFdb5dF4ADc7C67C73141b3f9B3D2ccB

Cardano (ADA):

addr1qyp9nt8mtmxy0959freclkj85h3t8rduur3yxaucvd9j0fmjj4ej59
66x2dj3730j99xnzxht5jw6n5jy0hvvqyllvnqssywls

www.ingramcontent.com/pod-product-compliance
Lightning Source LLC
LaVergne TN
LVHW010454200726
843506LV00002B/110